Aux Editions Alain Bargain :

Dans la collection
ENQUÊTES ET SUSPENSE :

- La Java des Voyous - Les Castrats de Bombay - Requiem sur le Campus	*Michel Renouard*
- Le Bon, la Brute et le Notaire - Le Fils du Tigre	*Luc Calvez*
- Stress - Le Faiseur d'Anges	*André Grall*
- Secret Mortel	*Philippe Randa*
- Le Kabyle de l'Ouest - Les Forces du Mal	*Bernard Gouritin*
- Le Crabe	*Michèle Corfdir*
- Colin-maillard à Ouessant	*Françoise Le Mer*
- Qui voit Groix voit sa Croix	*Jean-Christophe Pinpin*
- Qui voit Sein voit sa Fin	*(à paraître)*
- Qui voit Ouessant voit son Sang	*(à paraître)*
- Qui voit Molène voit sa Peine	*(à paraître)*
- Une Retraite pas très Spirituelle	*Yves Horeau*
- Banc Public	*Bernard Fischbach*

Autre roman policier :

- Meurtre au Présidial	*Agnès Audibert*

Requiem sur le Campus

Michel Renouard est né à Dinan en 1942. À 12 ans, il écrit son premier roman sur un cahier d'écolier, puis lance son premier journal imprimé, *Radio-Jeunes*, en 1956. Apprenti typographe à 16 ans, il publie aussi des scénarios de bandes dessinées dans *Cœurs Vaillants* et devient correspondant d'Europe 1.

D'abord journaliste en Bretagne et à Paris, il travaille en Angleterre, au Kenya et aux États-Unis, puis à Poitiers et à Rennes. Agrégé d'anglais, docteur d'État, il est spécialiste de l'Inde, pays où il se rend chaque année. Pour un article publié dans *Le Monde*, il obtient en 1979 le prix des humoristes de presse. *Requiem sur le campus* est son trentième livre.

Ses deux précédents romans policiers, *La Java des voyous* (1996) et *Les Castrats de Bombay* (1997), ont connu un éclatant succès.

Michel RENOUARD

Requiem sur le Campus

ROMAN

Collection

ENQUÊTES & SUSPENSE

Quadri Signe - Editions Alain Bargain
125, Vieille Route de Rosporden - 29000 Quimper

C'est la plaie du temps
que les fous
mènent les aveugles

William Shakespeare
Le Roi Lear, 1605.

Pour Jean-Claude Patru.
M.R.

PROLOGUE

Il pleut, comme d'habitude. Depuis bientôt dix ans que Dolores de la Picha-Gorda vient chaque matin faire le ménage à l'université Boris-Vian, elle sait qu'il ne fait beau que deux ou trois jours par an, quand le soleil goguenard de l'été finissant consent enfin à briller, avant de s'effacer devant la grisaille mouillée de l'automne. Il y a encore trois longs mois à attendre.

La femme traverse le campus désert sans un regard pour les graffiti qui, depuis mai 1968, ornent les murs délavés de cette cathédrale du savoir. Le nouveau président de l'université a promis de les remplacer par des peintures abstraites à caractère pédagogique, mais le ministère s'y est opposé : assimilés aux arts premiers, ces écrits d'un autre âge ont désormais une valeur historique. À telle enseigne qu'un député a demandé que les murs de Boris-Vian soient inscrits au patrimoine de l'humanité, au même titre que les fresques de Pompéi, la citadelle de Machupicchu et les sites rupestres de Cappadoce.

Les hauts lieux du patrimoine mondial laissent de

marbre Dolores de la Picha-Gorda. Pour prendre son service à 6 heures, il lui faut se lever à 4, puis traverser à pied toute la ville, accrochée à son parapluie. Elle est, en général, la première personne à pénétrer dans ce qui constitue son territoire : le bâtiment Atatürk, réservé à l'enseignement des langues rares. Tous les matins, à l'exception du dimanche, elle récure et nettoie à l'eau de javel les deux étages de l'immeuble, puis donne un coup de balai dans les bureaux des trois professeurs qui y sont exilés. Celui de Bouchemaine, grand spécialiste de sanskrit, celui de Le Quellec, préposé au cornique, et celui de Norbert Alacoque, titulaire d'une chaire de bhojpouri.

Alors que l'université, construite à la va-vite à la fin des années 60, aligne ses hautes façades soviétiques figées au garde-à-vous devant l'usine d'épuration, le bâtiment Atatürk remonte au milieu du XVIIIe siècle. À cette époque, il recélait le petit couvent des chanoinesses des Très Saints Stigmates. Les bétonneurs s'apprêtaient à le raser, quand des historiens s'avisèrent que cette construction méritait d'être préservée, en raison de son joli patio nanti d'un cloître, par nature propice à la méditation et à la recherche. Dans les pièces vétustes aux planchers vermoulus, la lumière glauque pénètre à grand peine par des œils-de-boeuf en verre dépoli. Mais le confort y est suffisant pour y enseigner le sanskrit, le cornique et le bhojpouri, trois langues par définition inutiles.

Pendant plus d'une heure, Dolores de la Picha-Gorda récure les toilettes - *es una infección* -, et balaie les couloirs. Puis elle javellise les minuscules salles de cours, installées dans les anciennes cellules des moniales et des sœurs professes. Elle sort alors son passe et ouvre le bureau du Professeur Alacoque. D'un geste machinal, elle appuie sur l'interrupteur, et c'est alors qu'elle aperçoit le corps. *Madre mía* !

Un homme nu, de petite taille, est allongé sur le dos, à même le sol, au milieu d'un capharnaüm de papiers, de mégots et de dictionnaires. Bien qu'elle l'ait peu rencontré - car l'homme n'est pas un lève-tôt -, elle reconnaît le Professeur Alacoque, malgré l'absence de son habituel complet rouge et de son nœud papillon. Dolores se penche sur lui et, par politesse, tente d'engager le dialogue : "Señor Profesor ! Señor Profesor !". Le linguiste reste sans voix. La fixité de son regard confirme, d'ailleurs, qu'il a quitté cette vallée de larmes. À tout hasard, Dolores bredouille un requiem, puis recouvre le sexe de l'homme d'un sac d'aspirateur. Non par un reste de pudeur chrétienne, mais parce que cette vision peu ragoûtante, si tôt le matin, risque de lui couper l'appétit quand elle rentrera chez elle, à 9 heures 30, pour ses tartines de chorizo.

La mort ne fait pas peur à Dolores, laquelle, dans son enfance, a participé à de nombreuses veillées funèbres et dressé bien des catafalques. Un peu troublée tout de même par ce regard figé, qui semble l'accuser d'être arrivée trop tard, elle s'assied derrière le bureau. Elle ouvre son cabas, en extrait une fiole d'eau-de-vie et allume une gitane. Puisque le Professeur Alacoque est mort, eh bien, *resquiescat in pace* ! Rien ne presse. Une heure de plus ou de moins sur le plancher ne va rien changer à l'affaire. Ce qui importe, c'est de bien réfléchir afin de garder sa place.

Or, l'université ne la paie pas pour jouer les croque-mort. Elle la paie pour faire le ménage. Son employeur, elle n'en doute pas, aura d'elle une fâcheuse impression s'il retrouve en désordre le bureau du Professeur Alacoque. D'un geste nerveux, Dolores écrase sa cigarette dans le cendrier et décide de faire le ménage à fond, de tout ranger, de tout faire briller comme un sou neuf. Du pied, elle repousse le cadavre vers le mur, afin de pouvoir mieux récurer. Elle traque le moindre grain de poussière et la moindre cendre de cigarette.

Puis elle ramasse ses outils de travail, jette un dernier regard circulaire dans la pièce et se saisit du sac poubelle qu'elle va, sans plus tarder, porter sur le trottoir, là où les éboueurs ne vont pas tarder à passer. Puis, avec la satisfaction du devoir accompli, elle décide d'aller prendre un café *con leche* avant d'aller informer Mathurin, le concierge, de sa macabre découverte.

Le jour se lève, en ce 22 juin. La bruine de la nuit s'est effacée devant le crachin matinal.

I

Dolores de la Picha-Gorda n'était pas la seule à rêver de tartines. Ce jour-là, au chant du coq, le commissaire Gabacho avait, lui aussi, bravé le crachin pour acheter sa baguette moulée de pain de campagne. La France, certes, n'était plus la France, tout au plus une médiocre copie de l'Amérique. Du moins avait-elle quelques beaux restes : ses escargots, ses cuisses de grenouille, ses vins, ses fromages et ses baguettes.

De retour chez lui, Gabacho mit un disque sur son vieux pick-up des années 60. Rien de tel que du Mozart pour se requinquer après une dure semaine à Bombay (1). Tout à l'heure, après son petit déjeuner, il serait en forme pour reprendre le collier au commissariat. D'autant que, le hasard faisant bien les choses, il n'avait plus qu'une semaine de travail avant de partir en vacances. Il se proposait de les passer sous le ciel bleu et les cocotiers.

Il ouvrit son agenda. Une indication au crayon rouge lui rappela qu'il lui fallait se rendre à la gare pour y accueillir un stagiaire, un certain Futagokoro,

(1) Voir *Les Castrats de Bombay*, chez le même éditeur.

filleul du ministre de l'Intérieur. Fort bien ! Puisque ce jeune morveux était un pistonné, le commissaire l'enverrait au charbon. Il se contenterait, lui, de jouer la montre en réglant les affaires courantes.

Par bonheur, la fin de juin était toujours une période calme dans la capitale du crachin. Des chiens étiques qu'il faudrait conduire à la fourrière. Des coups de parapluie échangés entre des traîne-savates imbibés d'alcool. Des femmes hystériques qui venaient de précipiter leur mari par la fenêtre du dixième étage. Oui, sauf imprévu, la semaine serait calme et sans histoire.

*

À la même heure, dans le T.G.V. qui le conduisait vers la province, Alexandre Futagokoro travaillait sur son ordinateur portable. Né à Paris (XVIe) en 1967, il était le fils d'une antiquaire française et d'un graveur d'estampes japonais. Bilingue, il avait fait ses études à Paris et à Tokyo. Très jeune, il était entré en informatique comme d'autres entrent en religion. Privé d'ordinateur, il se sentait aussi nu qu'un prêtre intégriste sans sa soutane ou un ayatollah sans sa barbe. Ce célibataire asexué, qui ne connaissait même pas ses voisins de palier, vivait l'œil rivé à son écran et se targuait de communiquer avec la terre entière. Il avait des correspondants aux quatre coins du monde, de Carlisle à Nairobi, de South Hadley à Paramaribo. Chaque jour, il échangeait avec eux des informations inutiles par courrier électronique, ce qui lui donnait l'impression de dominer la planète. "Le monde est un village", répétait-il à l'envi, "et seuls les ploucs boudent l'informatique".

Les ploucs, justement, il allait les rencontrer tout à l'heure dans ce minable commissariat de province où il s'apprêtait à faire un stage. Il savait ce qui l'attendait : une équipe de demeurés. Ils étaient dirigés par un dinosaure ennemi du progrès, qui en était resté aux méthodes surannées de Sherlock Holmes. Futagokoro avait cherché en vain à joindre le commissariat par courrier électronique. Exaspéré, il s'était rabattu sur le téléphone. Le péquenot de service au standard, dont les "r" bien roulés empestaient le terroir, ne l'avait pas rassuré : oui, il y avait bien un ordinateur au commissariat mais, comme personne ne voulait l'utiliser, on l'avait remisé au violon. Au reste, avait ajouté le bouseux, le commissaire Gabacho détestait l'informatique. Futagokoro avait éclaté de rire, avant de raccrocher sans un remerciement. Eh bien, les pedzouilles allaient voir ce qu'ils allaient voir. Il leur montrerait son savoir-faire.

Pénétrer sur les ordinateurs les mieux protégés du monde était pour lui un jeu d'enfant. Quelques semaines auparavant, il lui avait fallu moins d'une semaine pour s'introduire à pas feutrés dans les fichiers secrets du F.B.I. et quatre heures seulement pour s'infiltrer sur l'ordinateur central du ministère. Ce qui lui permettait de tout savoir sur les états de service du commissaire Gabacho. Né en 1942 à

Arzacq-Arraziguet (Pyrénées-Atlantiques). Père douanier d'origine espagnole, installé en France depuis 1937 ; mère belge marchande de frites à Biarritz pendant la saison touristique. Études chez les jésuites. Entré dans la police à 22 ans, après un service militaire dans le Train des équipages à Auvours. Carrière sans grand éclat aux quatre coins de la France, avant d'échouer dans la capitale du crachin. Il y avait cependant quelques bizarreries dans le dossier. Tout d'abord, Gabacho était un des membres fondateurs du TIC (Tolérance, Intelligence et Compréhension), syndicat ultraminoritaire au sein de la police. Et puis, il semblait jouir d'une étrange protection en haut lieu. La dernière entrée sur l'ordinateur précisait en effet : "Le commissaire Gabacho est un proche du docteur Heinrich Blaustrumpf von Wittlich, psychiatre de renommée internationale, ami personnel du président de la République". Il faudrait donc procéder avec doigté, mais Futagokoro se flattait d'être un fin diplomate. Il n'était pas dans sa nature de jouer les trouble-fête, mais il entendait bien, avec force courbettes et subjonctifs imparfaits, convaincre ses collègues attardés de la supériorité de ses méthodes.

*

Le commissaire Gabacho l'attendait sur le quai. Il portait à la main un parapluie de Cherbourg en toile rose et était sanglé dans un imperméable détrempé.

Il ressemblait à la photo de son dossier au ministère : il semblait banal, médiocre et presque pathétique. Sa chevelure rousse le faisait ressembler à un chien battu. Plié en deux, Futagokoro se dirigea vers lui pour le saluer.

— Ah, Monsieur le commissaire ! Quelle exquise idée d'être venu me chercher à la gare. Il me tardait de faire votre connaissance. Mon parrain le ministre m'a dit le plus grand bien de vous.

Gabacho s'ébroua.

— J'en suis fort aise. Mais vous n'avez pas d'imperméable ? Prenez donc ce parapluie et confiez-moi votre valise. Nous irons de ce pas au commissariat. J'ai dû m'absenter une semaine, et il doit y avoir une pile de dossiers en souffrance sur mon bureau.

Futagokoro se fendit d'un sourire, aussi figé qu'au musée Grévin.

— Des dossiers ? Ah, Monsieur le commissaire, vous me mettez l'eau à la bouche. Un casse au Crédit Lyonnais ? Un crime passionnel ? Une histoire de terroristes ?

Le policier éclata d'un grand rire.

— Rien de tel, hélas, encore qu'il nous arrive, à l'occasion, de ramasser une vingtaine de cadavres à la fois… En général, croyez-moi, la pluie adoucit les mœurs et remplit les bars. Je doute d'avoir autre chose à vous offrir que des bagarres de poivrots ou des vols de parapluies.

Quelques instants plus tard, au commissariat,

Oulan-Bator, le planton de service, apportait un premier démenti à Gabacho : “Ah, Commissaire, vous arrivez juste à temps. Il y a eu un meurtre à l’université. Oui, un vrai meurtre, avec un vrai cadavre. Et pas n’importe qui, encore ! Un professeur de boche pourri… Une équipe vient de partir sur place”.

Gabacho se tourna vers le stagiaire.

— Eh bien, jeune homme, vous avez la baraka. Il paraît que nous avons un meurtre sur les reins ! Encore que mes abrutis d’adjoints comprennent, en général, tout de travers. Je me demande bien ce qu’ils veulent dire par boche pourri…

— Sans doute un dialecte germanique, Commissaire. Mais peut-être pourrions-nous nous rendre à l’université. Avec mes méthodes modernes, je…

Il s’arrêta quand il vit que Gabacho le fixait sans chaleur excessive.

— Vous avez raison, jeune homme. Il faut battre le fer quand il est chaud.

Sans même rentrer au commissariat, ils remontèrent dans la voiture de Gabacho et prirent le chemin du campus.

*

Un périmètre de sécurité avait été mis en place autour du bâtiment Atatürk. Gabacho salua ses hommes, et l’instant d’après il pénétrait dans le bureau du Professeur Alacoque. Le médecin de service se tourna vers le policier.

— Mes respects, Commissaire ! Vous tombez à pic. On allait déplacer le macchabée.

— Quelles sont vos premières constatations ?

Le médecin fit la grimace.

— La mort remonte à plusieurs heures, sans doute à hier matin. De toute évidence, cet homme a été étranglé. Regardez ces marques à la base du cou…

— L'autopsie en dira plus.

— Sans doute, Commissaire, mais ça ne sera pas pour tout de suite. Vous n'êtes pas au courant ? Le médecin légiste vient d'être hospitalisé en urgence. Infarctus. Pontage et tout le saint-frusquin. Un peu plus, et on le retrouvait à la morgue.

— Eh bien, son adjoint fera l'affaire…

— Le docteur Surin ? Vous jouez de malchance. Il est à un congrès de médecine criminelle à Bangkok. Vous pourriez, bien sûr, faire venir un ponte de Paris, mais, en cette période de l'année, je doute que vous gagniez beaucoup de temps. Non, le mieux c'est d'attendre le retour de Surin et de mettre le cadavre au frigidaire. Mais je vous rassure tout de suite : l'autopsie va confirmer que cet homme est mort, et même bien mort, et qu'il a été étranglé hier. Je ne suis pas médecin légiste, mais la bidoche, j'en connais un rayon ! J'ai ça dans le sang. Mon père était boucher.

Vêtus d'une blouse blanche, deux policiers à genoux essayaient de découvrir quelques indices sur le plancher. Ils portaient des gants de chirurgien et étaient armés d'une pince à épiler. Épuisé par cette recherche inutile, un des hommes se releva.

— Rien, Commissaire, trois fois rien. On a l'impression que ce bureau a été nettoyé avant notre passage. Un travail de pro. Pas le moindre mégot dans le cendrier. Pas le moindre papier dans la corbeille. Aucune empreinte digitale sur le bureau. Nous allons tout transporter au labo, mais je doute fort que nous puissions trouver quelque chose. Même au microscope électronique. L'assassin devait carburer à l'eau de javel.

— J'aimerais en savoir plus sur la victime, s'enquit Gabacho. Je ne me souviens pas avoir jamais entendu parler du Professeur Alacoque…

Derrière lui, une voix de stentor se fit entendre.

— Je puis vous renseigner à ce sujet, Commissaire.

Le policier se retourna. Un homme d'un mètre quatre-vingt dix, bâti comme un lit clos de Plouyé, se tenait dans l'embrasure de la porte. Il portait une moustache à bacchantes et arborait une gitane maïs au coin des lèvres. Pour l'avoir aperçu deux ou trois fois aux réceptions de l'hôtel de ville, Gabacho reconnut le nouveau président de l'université, le Professeur Henry. Les deux hommes se serrèrent la main.

— Venez dans mon bureau, Commissaire. Je vais vous mettre au parfum.

Des effluves de Mitsouko émanaient, justement, de sa personne.

— Merci, Monsieur le président. Permettez-moi de vous présenter un de mes stagiaires, Futagokoro.

Si vous n'y voyez pas d'inconvénient, il m'accompagnera.

*

Assis dans son fauteuil de moleskine, le Professeur Henry tentait de rallumer sa gitane maïs. Futagokoro lui jeta un regard noir et se mit à tousser. Loin d'y prêter la moindre attention, le président tendit son paquet de gitanes à Gabacho, qui se saisit d'une cigarette avec un malin plaisir. Il détestait les non-fumeurs.

— Le Professeur Alacoque était un des grands noms de cette université, Commissaire.

Il se saisit d'un dossier et résuma, à grands traits, le curriculum de la victime. Né le 7 septembre 1938 à Paray-le-Monial. Brillantes études à Henri-IV, Louis-le-Grand et à la Sorbonne. Bachelier à 16 ans. Major de promotion à l'École normale supérieure. Agrégation de lettres classiques (reçu premier). Service militaire en Algérie. Successivement assistant, maître assistant puis Professeur. Tout en enseignant le grec, il s'inscrit aux Langues orientales, passe une licence de hindi puis soutient une thèse de linguistique en bhojpouri. C'est pour lui qu'est créée, en 1982, la première chaire de bhojpouri attribuée, à la surprise générale, à l'université Boris-Vian. “Inutile de copier cela, Commissaire. Je vais vous photocopier tout le dossier”.

Gabacho leva la plume. À dire vrai, ce curriculum

ne lui apprenait pas grand chose. Il était peu vraisemblable que le meurtre fût lié aux activités scientifiques du Professeur Alacoque. Mais Futagokoro ronronnait d'aise.

— Merci pour toutes ces dates, Monsieur le président. Je vais les vérifier sur mon ordinateur.

Le président leva les sourcils, qu'il avait très broussailleux.

— Inutile. Ce sont les dates fournies par l'administration.

— Il faut toujours tout vérifier, même et surtout les dossiers officiels.

Gabacho haussa les épaules. Ce qui l'intéressait, lui, c'était la vie de la victime.

— Pourriez-vous m'éclairer sur la vie privée de votre collègue, Monsieur le président ?

Le Professeur Henry fit la grimace.

— Je ne suis pas du genre à clabauder sur mes collègues, Commissaire. Je m'interdis tout jugement sur la vie privée des gens. Nous ne sommes pas aux États-Unis ! Ne comptez pas sur moi pour vous dire que certaines rumeurs circulaient sur Alacoque. Je puis, en revanche, vous assurer qu'il était très apprécié des étudiants et que sa réputation dépassait nos frontières.

— Il était marié ?

— Oui et non. Il s'était, en effet, marié, mais il était séparé de sa femme depuis une dizaine d'années.

— Séparé ou divorcé ? s'enquit Futagokoro.

— Séparé.

Le Franco-Nippon poussa un cri de joie.

— Très intéressant, Commissaire ! Nous tenons peut-être là un mobile. Puisqu'ils ne sont que séparés, il s'ensuit que l'épouse légitime va toucher le pompon. Une assurance-vie, sans doute. Une pension de réversion. Une prime de consolation. Un praemium doloris, que sais-je encore ! Très juteuse, la mort d'un haut fonctionnaire !

Le président transpirait. Il se leva et entrouvrit la fenêtre que cinglait la pluie.

— Je ne suis pas un spécialiste de droit, Messieurs. Mais je pense que c'est plutôt son fils qui va toucher le pactole. Oui, il avait un fils, si l'on peut dire… Par parenthèse, je doute fort que notre défunt collègue ait fait beaucoup d'économies. L'enseignement ne nourrit pas son homme. D'autant que l'État reprend d'une main ce qu'il donne de l'autre. Alacoque vivait chichement, comme chacun d'entre nous. Il louait un petit studio et circulait à bicyclette. Que voulez-vous, la France ne sait pas retenir ses élites. Si je m'écoutais, je retournerais aux États-Unis. On m'y ferait un pont d'or.

Le commissaire se leva. À l'évidence, il n'apprendrait pas grand chose du président. Il serait plus facile d'interroger son vieil ami le Professeur Bouchemaine.

— Une dernière question, Monsieur le président. J'imagine que l'université est fermée la nuit ?

David Henry opina. Il expliqua que le concierge,

Mathurin Régnier, un ancien militaire de la 19e B.I.T.A., faisait une dernière tournée des bâtiments à 23 heures. Puis il branchait le système de surveillance électronique. Celui-ci était désactivé tous les matins à 5 h 45, afin de permettre aux femmes de ménage d'accomplir leurs fonctions.

— Ce qui, Monsieur le président, semble signifier ceci : le corps a été transporté dans le bureau avant 23 heures. À moins que… à moins que le système de surveillance ait mal fonctionné ou qu'il ait été désactivé au cours de la nuit. Cela est-il possible ?

Le président hocha la tête.

— Sans doute, mais il faut, de toute façon, passer par la loge. Ah, Commissaire, les temps ont bien changé ! Il y a cinq ans, nous ne fermions même pas les portes. Mais nous avons eu beaucoup de vols d'ordinateurs à déplorer. Ah, ces ordinateurs ! Si je vous disais tous les problèmes que l'informatique me crée actuellement… Bon, résultat : il a bien fallu prendre des mesures pour protéger notre parc informatique, bien que cela soit a priori contraire aux traditions universitaires. Tout ce qui s'approche, de près ou de loin, des méthodes policières suscite une forte réprobation dans nos milieux, Commissaire.

Gabacho ne répondit pas. Ils étaient donc à égalité, puisque lui-même détestait les universitaires. La première chose à faire, c'était donc d'aller interroger Mathurin.

L'instant d'après, les deux policiers arrivaient devant la loge, au rez-de-chaussée d'un bâtiment administratif, à deux pas du cloître. Ils furent surpris de voir surgir quatre brancardiers de la Croix Rouge. Un homme était étendu sur la civière.

Un des secouristes reconnut le policier.

— Ah, Commissaire, rassurez-vous ! Rien qui puisse vous intéresser. C'est le concierge ! Nous le transportons à l'hôpital pour une vidange. Non, non, rien de grave. Ce n'est pas la première fois, ni sans doute la dernière. Simple coma éthylique. Allez faire un tour dans la loge, et vous serez édifié. Un bon lavage d'estomac, et notre sac à vin se portera comme un charme.

Les quatre hommes firent glisser le brancard sur le rail de l'ambulance, puis ils montèrent dans le véhicule qui démarra en trombe, dans un hurlement de sirènes.

II

Le brancardier avait raison : la loge du concierge ressemblait à un champ de bataille. Par bonheur, le vestibule d'entrée - là où se trouvait la console de surveillance électronique - était séparé de l'unique pièce par deux paravents chinois qui cachaient au visiteur de passage la chambre-réfectoire du concierge. Au-delà de cette frontière administrative, antichambre du Savoir, on pénétrait dans le domaine privé du portier. Pour atteindre le lit défait, d'où montait une odeur de fauve, l'explorateur devait se frayer un chemin à travers un labyrinthe de caisses remplies d'outils et de vieux journaux. Sur une tablette branlante, lovée dans un coin de la pièce, une vingtaine de bouteilles de vin renversées attestait du sérieux avec lequel Mathurin Régnier avait glissé dans son coma éthylique. Gabacho nota qu'il s'agissait d'un excellent Bordeaux rouge 1970. Le concierge était un connaisseur. Il avait aussi un bon compte en banque ou, en tout cas, des priorités, car le mobilier et la décoration étaient d'une sobriété toute bénédictine. Des tréteaux de bois blanc tenaient lieu de table, et des planches posées sur des briques de chantier servaient de bibliothèque. Une odeur de tabac froid se mêlait aux relents de vinasse et de graillon qui montaient du coin-cuisine. Dans le frigidaire presque vide, trois bouteilles de Graves 1970 montaient la garde.

Gabacho se tourna vers Futagokoro qui, pris de nausée, tentait d'ouvrir l'unique fenêtre de la pièce.

— Si notre homme pitanche autant tous les jours, n'importe qui peut pénétrer ici quand il cuve son vin. Il suffit, j'imagine, d'appuyer sur un des boutons de l'entrée pour désactiver la surveillance nocturne.

Le stagiaire avala une giclée de Riclès avant de répondre.

— Erreur, Commissaire ! Il s'agit du système japonais Michoumishi 42. Pas le tout dernier modèle ni le plus sophistiqué, je vous le concède. L'université n'a pas les moyens de la Banque de France ou du Crédit Lyonnais. Autrement dit, pour allumer le circuit de surveillance, il faut pianoter six numéros, et la porte d'entrée fonctionne avec une carte à puce. Pour couper le circuit, il faut donc posséder la bonne carte et connaître le code confidentiel.

— Que se passerait-il si quelqu'un s'introduisait dans un des bâtiments sans avoir mis ce dispositif hors d'usage ?

Le Franco-Nippon eut un sourire.

— Il faudrait être candidat au suicide ! Avec ce système, il suffit de briser une vitre ou de fracturer une serrure pour que, dans la seconde, l'alerte générale soit donnée. Sirène. Projecteurs. Voitures de police. Chars d'assaut. Bon, c'est vrai, un professionnel pourrait réussir, en quelques secondes, à pénétrer dans un couloir, à crocheter la porte d'un bureau et à voler un document. En théorie. À condition qu'il ait un complice à l'attendre au pied de l'immeuble avec une moto à réaction. Mais cette fois, Commissaire, il ne s'agissait pas de voler un document. Il y avait un corps à transporter. Conclusion : le système était hors service.

— Il faut enquêter sur ce concierge, reprit Gabacho. J'aimerais, en particulier, savoir ce qu'il faisait hier entre 23 heures et minuit. Allons, Futago, nous n'avons pas une minute à perdre. Il est temps d'aller faire un tour au service du personnel.

*

Mathurin Régnier. Né en 1940 à Saint-Martin-la-Patrouille (Saône-et-Loire). Campagnes d'Indochine et d'Algérie. Pensionné de l'armée. Moniteur d'auto-école à Faye-la-Vineuse puis concierge à l'université Boris-Vian. Célibataire. "Tout cela est bien maigre, pensa Gabacho. Ça ne me dit rien sur la personnalité du pauvre Mathurin"...

— Vous ne pensez pas que c'est lui qui a fait le coup ? demanda Futagokoro quand les deux policiers eurent quitté le bureau du personnel.

Le commissaire haussa les épaules.

— Tout le monde est a priori suspect. La femme de ménage. Le président et son épouse. L'épouse et le fils de la victime. Tous ses collègues. Tous ses étudiants. Tous les marginaux de la ville, les zonards, les traîne-savates, les clochards, les mendigots, les culs-de-jatte et les parasites à pit-bull. Notez que Mathurin était dans l'armée, ce qui n'est pas un brevet de vertu ou d'intelligence. Remarquez aussi qu'il est célibataire, ce qui est toujours très inquiétant. Non, mon cher Gokoro, je ne dis pas ça pour vous. À 25 ans, vous êtes en pleine sève, profitez-en ! Vous avez encore de belles années devant vous avant de vous mettre la corde au cou et de vous en repentir comme tout le monde. N'empêche, j'aimerais en savoir plus sur ce Mathurin et sa carrière militaire.

Le Nippo-Français eut un large sourire.

— Un jeu d'enfant, Commissaire, un jeu d'enfant. Avec mon ordinateur, je me fais fort de tout vous apporter sur un plateau demain matin.

Le commissaire restait sceptique.

— Vous ne connaissez pas l'armée française. Mathurin n'était pas un colonel ou un général. C'était un sans-grade, ou presque. Croyez-moi, jeune homme, l'armée adore les travaux d'écriture, les registres, le bristol et la plume sergent-major. Mais, puisque vous y tenez, vous pouvez consulter votre ordinateur. De mon côté, j'irai cuisiner un de mes informateurs de la caserne Saint-Amant…

Gabacho donna un coup d'œil à sa montre. Il était déjà midi passé.

— Vous devez être fatigué, reprit-il. Je vais vous conduire à votre hôtel, et vous avez quartier libre pour toute la journée. Revoyons-nous demain matin au commissariat. D'ici là, Mathurin sera peut-être sorti de son coma, et nous pourrons l'interroger.

Ils allaient quitter le campus quand ils aperçurent le président Henry qui, du haut des marches, leur faisait des signes. Il les rejoignit à grandes enjambées, en essayant d'éviter les flaques d'eau.

— Ah, Commissaire, un malheur ne vient jamais seul. D'abord l'épouvantable assassinat de notre éminent collègue. Puis le coma du pauvre Mathurin... et, pour tout arranger, la confirmation de ce que je craignais depuis ce matin.

Il sortit un mouchoir éponge. Même sous la pluie, il suait à grosses gouttes, et les deux extrémités de ses bacchantes pendouillaient comme des drapeaux en berne. "Une catastrophe" reprit-il, "une véritable catastrophe ! Dans quelques heures, ça sera l'émeute !". Gabacho l'encouragea d'une tape sur l'épaule.

— Allons, Monsieur le président, remettez-vous. De quoi s'agit-il ?

Malgré sa corpulence, David Henry semblait écrasé par un poids trop lourd à porter. À l'invitation de Futagokoro, il vint se blottir sous le parapluie de Cherbourg.

— De quoi s'agit-il ? Du pire, Commissaire ! Nous devions afficher ce soir les résultats des examens. Nous avons passé des mois à concocter un logiciel si performant que la NASA, nous disait-on, allait nous jalouser. Ça nous a coûté la peau des fesses ! Eh bien, tout le système a implosé. La moitié des notes ont disparu. Un virus, paraît-il, une métastase informatique. Nous allons devoir tout reprendre à la main, note après note. Un vrai désastre.

Le stagiaire se poussa du col.

— Un virus, dites-vous ? Mais quel genre de virus ? Si vous le permettez, Monsieur le président, j'aimerais vous être utile. Je suis un spécialiste d'informatique. Il faut avoir du sang japonais dans les veines pour comprendre les ordinateurs. Les Français, permettez-moi de le dire, sont des bricoleurs du dimanche. Autant demander à un pygmée d'affronter un lutteur de sumo !

David Henry serra la main du commissaire et se tourna vers Futagokoro.

— Merci de votre aide, Monsieur. Suivez-moi. Plus on est de fous, plus on rit. Et pour rire, nous allons rire ! La plupart de nos professeurs ont mis la clef sous le paillasson. Ils sont déjà à Bora-Bora ou à Capri. Si nous ne trouvons pas une solution, le ministère va nous tomber dessus.

Futagokoro et le président s'éloignèrent dans une double gerbe d'eau. Resté seul, Gabacho éclata d'un grand rire. Ce genre de tragédie, cela faisait dix ans qu'il l'espérait. Pour lui, l'informatique était le principal ennemi de la liberté. Il n'était déjà plus possible de vivre dans ce monde où les flics de la pensée pouvaient vous suivre à la trace. Plus de vie privée. Plus de secret bancaire ou médical. Le moindre achat était immédiatement vérifiable aux quatre coins du monde. Votre téléphone était en permanence sous écoute. Le fisc surveillait vos faits et gestes. Tout désormais pouvait être volé, recopié, analysé, décortiqué, exploité, manipulé. Seuls les curés intégristes n'avaient pas encore adopté la confession informatique.

Gabacho remonta dans sa voiture, mit le contact et fit jouer les essuie-glaces. Il n'était pas mécontent de s'être débarrassé de ce freluquet de Nippon. Il donna un coup d'œil à sa montre. Allons, il serait à l'heure pour déjeuner à "La Java Bleue", le bar des joies simples. Il se lécha les babines. Rien ne valait une saucisse à la purée et une tarte au maroilles.

*

Rendez-vous de tous les marginaux de la ville, "La Java Bleue", près du pont Jules-Verne, était aussi le quartier général du commissaire Gabacho, du psychiatre Blaustrumpf et de l'éminent spécialiste de sanskrit Bouchemaine. Dans cette ambiance toute prolétarienne, ils étaient entre gens du monde. Un verre de rouge à la main, ils essayaient de profiter des derniers éclats d'une civilisation condamnée. À "La Java Bleue", on buvait sec, malgré la pluie, et la cave d'Ahmed, le patron, était une des meilleures de la ville. Tandis que la patronne, Marie-Suzanne, faisait mijoter ses plats en sauce, Gabacho, Blaustrumpf et Bouchemaine ne cessaient de refaire le monde. Un monde encore humain où l'argent comptait pour des clopinettes, où le gros rouge l'emportait sur les SICAV et où chacun pouvait s'habiller à la diable, en mini-jupe, en bleu de chauffe ou en micro-short, alors qu'au centre-ville les bourgeois arboraient leurs manteaux gris, leurs cache-col et leurs complets veston anthracite.

En ce second jour d'été, il y avait un peu de monde à déjeuner, ce qui ne pouvait surprendre : il en était ainsi, tous les mois, à une semaine de la paye. Seuls quelques nantis comme Gabacho, Bouchemaine, Blaustrumpf, Pige-que-Couic et Parkinson pouvaient tenir la route jusqu'au 30 juin. À partir du 15 de chaque mois, les gagne-petit se contentaient d'un repas par jour. Ils pouvaient, d'ailleurs, le prendre à crédit, à condition de payer rubis sur l'ongle le premier du mois suivant. Et puis, quelques habitués étaient en déplacement : inséparables, Anne-Soleil et Loupette étaient parties en camion livrer un chargement de concombres dans un prieuré de cisterciennes, tandis que Quart-de-Couille participait à un stage de stretching à Nainville-les-Roches et que Julie la Rousse suivait à Grasse un colloque sur la boulimie.

L'esprit encore rempli de leurs aventures à Bombay, Bouchemaine et Blaustrumpf étaient arrivés de bonne heure pour l'apéritif. Ils avaient envie de raconter leurs péripéties en Inde, ce dont tout le monde se moquait. À "La Java Bleue", le volume de la télévision et l'incessant passage des trains sur le pont tout proche rendaient toute conversation difficile.

L'arrivée de Gabacho fut pourtant saluée par des cris de joie, car le commissaire n'hésitait jamais à payer une tournée générale. Scotché au zinc, l'adjudant-chef Pige-que-Couic se mit au garde-à-vous. Accoudé à une table, Rachel, le patron du bar pédé de la ville, était en train de corriger au crayon rouge les épreuves de *La Cheminote*, le bimestriel des homos du rail, dont il était le fondateur et le rédacteur en chef. Il émanait de sa personne un doux parfum de Shalimar.

Gabacho s'assit à son tour et commanda une tournée d'obersturmführer 1942, dont Ahmed possédait encore quelques rares et coûteuses bouteilles. Ce vin d'outre-Rhin était réservé aux très grandes occasions. Tandis que la télévision annonçait de nouvelles ondées pour la semaine, le commissaire prit auprès de Blaustrumpf des nouvelles de son adjoint Bocard, qui avait dû réintégrer l'hôpital psychiatrique après une nouvelle crise de paranoïa.

— Il s'en sortira, il s'en sortira, commenta le médecin. Pour ne rien vous cacher, j'expérimente une nouvel antidépresseur à base de betterave et de pissenlit. Les premiers résultats sont prometteurs.

Gabacho se tourna vers Bouchemaine, qui vérifiait et revérifiait le dernier relevé de compte de sa banque.

— J'ai une sale histoire sur les reins, mon cher Bouchemaine. Votre collègue Alacoque a été assassiné.

Le professeur de sanskrit faillit laisser tomber son verre de rouge.

— Norbert Alacoque ? Ce n'est pas possible ! C'est le collègue dont j'étais le plus proche. Son bureau est contigu au mien. Quelle tragédie ! Alacoque était le seul spécialiste français de bhojpouri.

Blaustrumpf, en bon Autrichien, détestait l'Allemagne. Il fronça les sourcils.

— Le boche pourri ? Qu'est-ce que c'est que ce galimatias ?

Bouchemaine adorait les conférences. Il ferma les yeux, ronronna un court instant puis reprit la parole.

— Allons, Messieurs, chacun sait ou devrait savoir que le bhojpouri est une langue du nord de l'Inde. C'est, en particulier, celle de Bénarès, ce qui n'est pas rien. C'est aussi, ce qui vous surprendra plus, la première langue de l'île Maurice. On parle aussi bhojpouri au Surinam et à…

Il s'interrompit pour laisser passer le TGV Trieux-La-Rochelle.

— Jamais rencontré bhojpouri dans mes mots croisés, commenta Blaustrumpf.

Bouchemaine leva les bras dans un geste d'impuissance.

— Le bhojpouri est une des 1 652 langues du pays, et pas des moindres puisqu'elle compte 50 millions de locuteurs. Sa littérature orale…

Gabacho l'arrêta d'une amicale tape sur l'épaule.

— Allons, mon cher Bouchemaine, tout cela est fascinant, mais ce qui m'intéresse, c'est de découvrir la personnalité de votre collègue Alacoque.

Qui donc, à votre avis, pouvait avoir intérêt à l'étrangler et à le laisser nu comme un ver dans son bureau ?

— Nu comme un ver ? Ah, juste ciel ! s'exclama Rachel, en agitant des bras comme un goéland argenté prêt à amerrir. Vêtu d'un micro-short en cuir noir et d'un débardeur rose trop court, il portait une chaîne de pied, que lui avait offert un ami de Cayenne, et arborait un piercing au nombril.

Bouchemaine s'était recueilli quelques instants, avant de reprendre la parole.

— Alacoque était mon collègue depuis des années. C'était un grand savant, mais aussi un homme délicieux. Il vivait seul avec son chat, circulait à bicyclette, rédigeait tous ses articles à la main. Il connaissait l'arabe, le turc, le birman et le konkani. Il rêvait en grec et en latin. Les humains ne l'intéressaient guère.

— Qui donc, je le répète, pouvait avoir intérêt à l'assassiner ? reprit Gabacho.

Le professeur de sanskrit fit la grimace.

— Tous ceux qui étaient jaloux de sa liberté et de son indépendance d'esprit. Tous ceux qui voyaient en lui un vieux croulant tout juste bon à mettre au placard. Et puis, sa femme, bien sûr. Elle va engranger l'assurance-vie et la pension. Je ne voudrais pas oublier non plus le président Henry qui, pour des raisons que j'ignore, faisait tout pour lui mettre des bâtons dans les roues. Et Mademoiselle Cramouille, évidemment…

— Mademoiselle Cramouille ?

— Baptistine Cramouille de Perrichon-Blanzac était, avec Alacoque, la seule personne en France à donner des cours de bhojpouri. Cela faisait dix ans qu'elle attendait la mort de mon collègue pour prendre la place. C'est à elle surtout que le crime profite ! De simple vacataire, elle va pouvoir plastronner comme maître de conférences avant d'obtenir, à l'usure, le titre envié de Professeur.

Gabacho hocha la tête.

— Je ne vois pas une femme pénétrer dans l'université, un cadavre sous le bras, même si Alacoque faisait partie des poids plume !

Blaustrumpf leva la main.

— Eh là, Commissaire ! Pas trop vite en besogne ! Je puis, moi, vous assurer que les femmes sont toujours capables du pire, surtout les Gémeaux et les Scorpions. Je pourrais vous montrer mes statistiques. Et ne vous fiez pas trop à leur prétendue fragilité. Je me souviens…

Il laissa passer l'express Vezin-le-Coquet-Saint-Clément-des-Baleines avant de poursuivre. Parkinson réclama une gousse d'ail, au moment même où la voix du chanteur de rock Mike Raynward montait de la platine. Sur l'écran de télévision, une présentatrice en forme de poupée Barbie évoquait les bouchons du dernier week-end. Devant son verre, Pige-que-Couic fredonnait *Ich hatt'einen Kamaraden* en martelant le zinc avec un cendrier. Il réclama une nouvelle rasade de clos-de-bèze. Lancé au maximum de sa puissance, un train postal jaune gisserot fit trembler le pont Jules-Verne.

— Blaustrumpf a raison, reprit Bouchemaine, ne vous fiez pas trop aux apparences. Mademoiselle Cramouille est une force de la nature. Sur le plan physique, je veux dire, car, pour ce qui est de l'intellect… À côté d'elle, le pauvre Alacoque ressemblait à un nabot. Je la verrais assez bien étrangler tous les hommes qui lui font de l'ombre.

— Les profs ont vraiment des mœurs bizarres, minauda Rachel, en tirant sur sa ceinture pour remonter son short au point de rupture. Et quand je pense que ce sont les gens comme moi que la société envoie dans des culs-de-basse-fosse !

Le long sifflement du train Runavel-Menton, qui négociait le dernier virage avant la gare, ponctua ses dires. Fax, le berger allemand du troisième âge, se mit à hurler à la mort.

III

Le déjeuner s'achevait. Comme chaque jour, à la même heure, Gabacho ressentait le besoin d'aller faire la sieste. Mais il avait, ce jour-là, beaucoup de pain sur la planche. La méridienne était, d'ailleurs, un plaisir inconnu dans la capitale du crachin où les plaisirs du corps étaient encore plus rares que les rayons du soleil. Homme du sud, le policier aimait les chats, les bons vins, les fontaines et les arbres. Ici, au contraire, les chats, jugés trop sensuels, se comptaient sur les doigts d'une main de lépreux, mais la ville était fière de son impressionnant cheptel canin : pit-bulls mal nourris, bouledogues faméliques, molosses décharnés et dobermans rescapés du IIIe Reich protégeaient les coupe-jarret des honnêtes gens. Au nom des droits de l'homme, il était interdit de s'en prendre aux porteurs de crocs. En cette province reculée, où seul le labeur avait pignon sur rue, les habitants carburaient à l'eau minérale et au lait biologique. Loin de gicler vers le ciel pourtant bas, les fontaines se contentaient de suinter. Pour éviter les suicides, le maire avait fait recouvrir la rivière d'une chape de béton, et pour contrer tout éventuel débordement charnel, les parcs fermaient au coup de sifflet, dès la tombée de la nuit. De puissants projecteurs éclairaient les bosquets, les terrains vagues et l'ombre lascive des saules pleureurs.

— Adjudant-chef, vous prendrez bien un doigt de cognac avec nous ? s'exclama Gabacho.

Pige-que-Couic rougit de bonheur. Depuis le début du repas, il rêvait de rejoindre la table des mandarins, celle où le vin coulait à flots, mais sa timidité l'en avait empêché. Il se sentit encore plus petit parmi ces intellectuels de haut vol. Le commissaire avait, paraît-il, une licence de droit, ce qui n'est pas rien. Le psychiatre était l'ami du président de la République, lequel ne badinait pas sur la qualité morale de ses fréquentations. Et le Professeur Bouchemaine était si savant qu'il savait même l'origine des mots. C'est lui qui avait expliqué à l'adjudant-chef que *capitaine* et *capote* provenaient du même mot latin, que *kaki* était en Inde la couleur de la poussière, que *toboggan* descendait du micmac, obscure langue du Canada, mais que le français *micmac* était, lui, néerlandais. Comprenne qui pourra ! Tout cela paraissait à Pige-que-Couic aussi inaccessible que le grade de capitaine. Son lexique personnel plafonnait à 800 mots, et encore la plupart d'entre eux étaient-ils des termes techniques.

L'adjudant-chef s'assit près de Rachel qui frétilla d'aise, grommela un timide "merci, Commissaire" et se saisit de son verre en tremblant.

— Mon cher adjudant-chef, poursuivit Gabacho, avez-vous entendu parler du 19e B.I.T.A. ?

Le militaire claqua mentalement des talons avant de répondre.

— Affirmatif. Le 19e B.I.T.A. était la brigade d'intervention terrestre en Algérie. Dissout en 1961 après le putsch des généraux.

— Vous pourriez me dénicher quelques renseignements sur un des hommes de cette brigade ?

Pige-que-Couic se mit à réfléchir, avec toute la concentration que lui permettait son quotient intellectuel à un chiffre.

— Affirmatif, Commissaire. J'ai bien connu à Djibouti le colonel Le Corre, qui avait passé quelque temps à Alger, au quartier général du 19e B.I.T.A. Je sais qu'il est resté en contact avec ses hommes. La fidélité dans l'armée, ça compte !

Gabacho sortit son agenda, en arracha une des pages et griffonna le nom du concierge.

— J'aimerais en savoir plus sur un certain Mathurin Régnier. Son grade ? Je l'ignore. Sans doute pas très élevé.

L'adjudant-chef opina.

— Je vois, un simple sergent sans doute ? Eh bien, c'est comme si c'était déjà fait, Commissaire ! Je file à la caserne Saint-Amant où je vais bigophoner. Le Corre est en retraite à Saint-André-sur-Vieux-Jonc, dans l'Ain, où il se remet, c'est normal, d'un cancer du colon. Je n'aurai aucun mal à le contacter.

— Un instant, Adjudant-chef ! Si vous pouviez, tant que vous y êtes, m'obtenir quelques tuyaux sur un certain Norbert Alacoque. Lui aussi a fait la guerre d'Algérie, mais j'ignore dans quelle unité.

— Ça demandera plus de temps, mais je vais faire de mon mieux. À quelle classe appartient-il ?

— Je l'ignore. La classe 61 ou 62 peut-être puisqu'il est né en 1942, dans la Saône-et-Loire.

Pige-que-Couic se figea, mit la main au képi et opéra un demi-tour du meilleur effet.

— À vos ordres, Commissaire ! Je viendrai ce soir au rapport. À l'heure de l'apéritif.

Gabacho se retourna vers Bouchemaine. Il l'interrogea sur les rapports entre le président Henry et Norbert Alacoque. Les deux hommes ne s'appréciaient guère, disait-on. Bouchemaine acquiesça, mais il n'avait rien de plus à ajouter. Il paraissait cependant évident que la section de bhojpouri était dans le collimateur présidentiel. “Elle mange trop de crédits”, répétait-on en haut lieu. Le président, paraît-il, s'était même arrangé pour que l'emploi du temps d'Alacoque l'obligeât à venir à l'université cinq jours sur sept, alors que de nombreux collègues vivant à Nice ou à Toulouse, mais bien en Cour, réussissaient sans peine à bloquer leur service entre deux avions.

— Une jalousie professionnelle ?

Bouchemaine ne le pensait pas. Les deux hommes appartenaient à des disciplines différentes. Henry, qui était bilingue, avait soutenu une thèse de littérature américaine aux États-Unis, mais il n'aimait ni l'enseignement ni la littérature. Son affaire c'était l'administration, où il excellait. Sa contribution scientifique tenait sur un confetti. Aucun livre. Aucun article. Mais de flatteuses promotions dues à ses responsabilités administratives. Sa vie privée semblait ne pas s'en ressentir : stérile sur le plan intellectuel, Henry se montrait très fécond sur le plan conjugal. Sept enfants âgés de 12 à 21 ans. Son épouse Violaine travaillait à mi-temps dans un laboratoire du Centre hospitalier universitaire. Très populaire, le couple présidentiel était de tous les dîners en ville.

Cette fois, Gabacho se tourna vers le psychiatre.

— Et vous, mon cher Blaustrumpf, qu'en pensez-vous ? Pouvez-vous déjà nous proposer une hypothèse ?

Le médecin sortit son Schaeffer. Puis il griffonna quelques hiéroglyphes sur sa serviette en papier.

— Facile, Commissaire. Le meurtrier est sans aucun doute un Gémeaux ou un Scorpion. Il faudra donc vérifier la date de naissance précise de tous les suspects : le concierge, le président, les épouses, les enfants, Mademoiselle Cramouille aussi, bien sûr. Nous ferons évidemment chou blanc pour les suspects X, Y ou Z… Des étudiants mal notés, par exemple…

— Peu vraisemblable, coupa Bouchemaine. Alacoque commençait à noter à partir de 10. Il avait si peu d'étudiants qu'il n'allait pas couper la branche sur laquelle il était assis. Moi non plus, en sanskrit, je n'ai pas le choix !

— Reste l'hypothèse d'un crime gratuit, reprit

Blaustrumpf. Ou le crime d'un fou, d'un psychopathe ou d'un idéologue. Il s'agit, de toute façon, d'un non-fumeur car la nicotine, c'est bien connu, adoucit les mœurs et éloigne les psychoses. Tout indique qu'il y a eu préméditation. Tuer un homme est une chose, somme toute banale. L'étrangler, le déshabiller et le transporter en pleine nuit à l'intérieur d'un bâtiment protégé prouve que nous avons affaire à un esprit pervers mais d'une intelligence supérieure. Ce meurtre pourrait être une vengeance.

— Et pourquoi pas un crime sexuel ? surenchérit Rachel qui jouait avec le piercing de son nombril.

Blaustrumpf hocha la tête.

— Pourquoi pas, en effet ? Mais on ne se méfiera jamais assez des théories de Freud. Ce n'est pas le sexe, mais le goût du pouvoir, qui mène le monde. Lisez plutôt Laborit ! Tout le comportement humain est dans Laborit. Le sexe ? Qui, hélas, a le temps de s'en servir plus de dix minutes par jour ? Tandis que le pouvoir, la domination, l'argent… Écartons d'emblée le crime d'un psychopathe. Notre meurtrier a beaucoup de sang-froid. C'est un calculateur. Ah, mes amis, j'avoue hésiter entre un Scorpion ou un Gémeaux.

Gabacho se leva soudain.

— Excusez-moi, Messieurs, mais, tout bien réfléchi, je vais quand même aller faire la sieste. Rendez-vous ici ce soir pour faire le point.

*

En fin d'après-midi, le commissaire Gabacho fut admis dans la chambre de Mathurin Régnier, au Centre hospitalier. Le concierge était sorti de son coma éthylique. C'était un homme d'une cinquantaine d'années, mais portant beau. Les traits étaient tirés, le teint couperosé, et le visage respirait la franchise. Le policier s'en voulait toujours de ses premières impressions, mais il savait que souvent elles étaient les bonnes.

Gabacho se présenta et expliqua la situation. Pour les besoins de l'enquête, expliqua-t-il, il lui fallait répondre à quelques questions. Le concierge accepta tout de suite, mais l'interrogatoire tourna court. En vérité, Mathurin Régnier ne se souvenait de rien. Avec plus de cinq grammes d'alcool dans le sang, cela n'avait rien de surprenant. Il avait oublié son emploi du temps de la veille. La seule chose évidente, c'est qu'il avait passé la nuit dans sa loge, puisque c'était là qu'on l'avait trouvé le matin.

— D'après ce qu'on m'a dit, poursuivit Gabacho, c'est une femme de ménage qui est venue sonner chez vous. Comme vous ne répondiez pas, elle a prévenu son chef de service, lequel a contacté le président, qui est arrivé avec sa carte à puce.

— Ce qui signifie que je m'étais bien enfermé dans la loge. À quelle heure ? Pas le moindre souvenir, hélas. Comme d'habitude, j'imagine. Peu après 23 heures… Mais bon, c'est le trou noir ! Croyez bien que je le regrette. Ça arrangerait plutôt mes affaires si je réussissais à me souvenir. Je présume que vous allez me considérer comme suspect ?

Le commissaire acquiesça.

— Vous présumez juste, Mathurin, mais tout le monde est suspect. Puis-je cependant vous demander pourquoi vous me semblez aussi précis sur les horaires ? “Peu après 23 heures”, me dites-vous. Pourquoi pas 21 h 30 ou 22 heures ? Quand on a la pépie…

Régnier eut un geste d’irritation, le premier depuis le début de leur entretien.

— Je ne bois jamais pendant les heures de service. Le problème, c’est que l’eau ne me réussit pas. Dès que j’en bois une goutte, je suis malade. C’était déjà comme ça en Algérie… Et si je vous ai dit “peu après 23 heures”, c’est simple : j’attends toujours que Monsieur Dorange ait quitté son bureau. Dorange, tout le monde vous le dira, est réglé comme un cahier à musique. À 23 heures tapantes, il éteint la lumière de son bureau et descend les quatorze étages. J’attends toujours qu’il m’ait serré la main pour regagner la loge.

— Personne ne m’a parlé de ce Dorange.

Mathurin fit la grimace.

— Il s’occupe des réformes. Il est à son bureau de 9 heures du matin à 23 heures. Même le midi, il ne descend pas à la cafétéria. Il s’en méfie à cause des bactéries. Il apporte sa nourriture et son Perrier. Tous les jours, sauf le dimanche. Je ne dirai pas qu’il couche à la fac, mais presque…

— Tiens, tiens, grommela Gabacho, voici un nouveau suspect… Mais quelques précisions encore, s'il vous plaît. Ainsi donc, tous les soirs vous serrez la main de Dorange et vous regagnez votre loge. Combien de temps cela vous prend-il ?

— Trois minutes chrono.

— Dans ce court laps de temps, Dorange peut, par conséquent, retourner à son bureau.

— Sans doute, Commissaire, mais Dorange rentre toujours chez lui à l'heure. Pour prendre ses médicaments. De toute façon, s'il retournait à son bureau entre 23 h et 23 h 05, il ne pourrait plus ressortir des locaux avant l'arrivée des femmes de ménage.

— Sauf, bien entendu, si vous oubliez de réactiver le système d'alarme.

Mathurin éclata d'un rire franc. Ce commissaire le prenait pour un incapable. Avec force détails, le concierge expliqua que personne n'avait jamais eu de reproches à lui faire. De toute façon, l'hypothèse d'un oubli ne tenait pas la route. Si, d'aventure, il avait omis d'appuyer sur le bon bouton, l'alerte générale aurait été donnée à 23 h 30. Gabacho fit mine d'acquiescer. Eh bien, il vérifierait auprès du sieur Dorange.

— Puis-je vous demander pourquoi vous buvez autant, Mathurin ?

Le concierge haussa les épaules.

— Autant, autant, c'est vous qui le dites ! Je bois de temps en temps, comme tout le monde, d'ailleurs jamais entre les verres. Que voulez-vous faire d'autre dans cette putain de ville ? Et puis, je dors mal, très mal. De vieilles douleurs qui réveillent des souvenirs de la guerre d'Algérie. Oui, j'étais militaire... Mes meilleures années. C'était l'époque où la France était encore la France. Ah, pour être cocus, nous avons été cocus ! La faute des politiques, comme d'habitude. Si c'était à refaire, j'ouvrirais un bordel à Paramaribo ou à Hong-Kong. Oui, Commissaire, la France a trahi son armée. Elle a laissé massacrer toute une génération. Vous connaissez les chiffres ? 25 000 militaires tués en Algérie, 1 000 disparus, 65 000 blessés. Et tout ça pour des clous ! Merci, la France ! Quand je pense à tous mes camarades de vingt ans... Je faisais partie du 19e B.I.T.A. chargé de la surveillance à Alger. J'étais déjà de garde, en somme. C'est pourquoi on peut me faire confiance. Le service, c'est le service. Vous pouvez donc, sans risque, enlever mon nom de la liste des suspects.

Gabacho fronça les sourcils.

— C'est moi qui en déciderai. Au fait, vous connaissez le Professeur Alacoque ?

— Comme tout le monde. Comme ci comme ça. Vous savez, les professeurs aiment le prolétariat, mais pas les ouvriers. En fait, Alacoque était un des rares à me saluer. C'était un grand bonhomme.

Le commissaire se leva. Il était temps de prendre congé.

— Eh bien, Mathurin, bon rétablissement... et essayez de ne plus boire.

Le concierge fit la grimace.

— Ça n'est pas demain la veille. Le vin, c'est mon oxygène. Je ne me souviens plus de ce qui s'est passé hier soir, mais ce que j'ai vécu en Algérie, ça, croyez-moi, je ne suis pas près de l'oublier !

*

Convoquée au commissariat en fin d'après-midi, Dolores de la Picha-Gorda attendait Gabacho en récitant son chapelet. Elle faisait une neuvaine pour la réussite de son fils au baccalauréat. Un fils unique sur qui reposaient toutes ses espérances. Après le bac, il irait à l'université. Pas dans la capitale du crachin, bien sûr, car il aurait eu honte de croiser sa mère dans les couloirs, mais à Paris, à la Sorbonne, même s'il fallait se saigner à blanc, même s'il fallait doubler le nombre d'heures de ménage. *Hombre ! Qué sacrificio !*

Gabacho lui demanda de lui raconter par le menu comment elle avait découvert le cadavre. Elle ne se fit pas prier.

— J'ai découvert le corps à 6 h 30, Señor. Mais, puisqu'il était mort, il n'y avait pas d'urgence. J'ai donc fait le ménage en grand. Il faut dire que le bureau était dans un triste état.

— Vous voulez dire que vous avez nettoyé le bureau *après* la découverte du corps ?

Dolores eut l'air surprise de la question.

— Sí, sí, Señor Comisario ! Je ne voulais pas laisser un tel désordre, alors que le président de l'université allait venir voir le corps. Alors, j'ai tout nettoyé. À coups d'eau de javel. J'ai même passé la serpillière sous le corps du professeur. *Qué catástrofe, puta madre !*

— Vous l'avez donc déplacé ?

— *Claro que sí !* Avec mon balai, *hombre !*

Gabacho se prit la tête dans les mains. Pas étonnant que ses hommes n'aient rien trouvé. Dolores avait tout fait disparaître. Il décida de la réconforter.

— Très bien, Dolores. Je suis sûr que tout le monde vous a félicitée. Et ça évitera à la police de perdre du temps au laboratoire.

La femme de ménage partie, le commissaire ouvrit un de ses tiroirs et en sortit une bouteille de gin. Puis il alluma une cigarette et trouva soudain que la vie était belle. Tout semblait indiquer que cette pauvre femme était innocente.

— Déjà un suspect de moins, pensa-t-il. Ouf, nous progressons !

IV

Norbert Alacoque habitait au cinquième et dernier étage d'une vieille demeure, rue Guillaume-de-Bautru. Gabacho n'eut aucun mal à crocheter la serrure. Dès qu'il pénétra dans la pièce, un chat tigré l'accueillit avec force miaulements, se frotta contre lui, effectua quelques roulades et se planta devant le frigidaire. Le policier y trouva une boîte de pâtée et l'offrit à l'animal, qui se mit à ronronner. Les rideaux étant tirés, il faisait sombre. Gabacho appuya sur l'interrupteur. Au moment même où l'appartement retrouvait la lumière, un air de musique éclata. Le commissaire reconnut la "Sinfonia da Requiem" de Britten. L'air préféré d'Alacoque ou simple coïncidence ? La première hypothèse était sans doute la bonne, car l'interrupteur était couplé au lecteur de cassettes.

Parler d'appartement était un bien grand mot. Chambre de bonne aurait mieux convenu. À l'évidence, Norbert Alacoque menait une vie d'anachorète. Des caisses de bois blanc, empilées les unes sur les autres, tenaient lieu de bibliothèque. Les livres étaient classés selon un strict ordre alphabétique qui, de caisse en caisse, descendait du plafond jusqu'au plancher. D'Ackerley à Xénophon, on y retrouvait les poésies d'Agathon, les contes d'Andersen, les maximes de Bloxam, les œuvres complètes de Béraud et de Dumas, les romans de Matzneff et de Vogel, les essais de Camby et toutes les aventures de Biggles, de Tintin et de Bob Morane. Une table bancale servait à la fois pour les plaisirs de la chère et de l'intellect : près d'un recueil de poèmes de Léopardi, dont une des pages était marquée par un coupe-papier, trônait un bol ébréché où stagnait un fond de café noir. Une tartine de pain déjà moisie reposait sur une soucoupe, la dernière tartine sans doute du Professeur Alacoque.

Sur un guéridon, l'universitaire avait empilé des dizaines de fascicules en langues indiennes. Les murs au papier peint délavé étaient vierges de toute décoration, à l'exception d'un plan de Bénarès, d'une lithographie scoute de Pierre Joubert et d'un grand dessin réaliste de Cesare Andreini : dans un bleu décor de mer et de montagne, un éphèbe aux cheveux bouclés, la main droite sur la hanche, était adossé contre un pilier corinthien. Vêtu d'une courte toge grecque, qui découvrait ses membres juvéniles, il regardait de biais son compagnon, lascivement alangui sous le soleil ouaté d'un jour d'été. Posé à même le sol, le lit était un simple matelas de mousse. Sur une chaise de bois, qui servait de table de nuit, dormaient revues et journaux : quelques exemplaires jaunis de *La Gazette*, le quotidien du coin, *The English Historical Review*, *Les Cahiers du Ganesh* et *Le Petit Bardache Illustré*.

Plus intéressant était le livre de comptes, que Gabacho découvrit dans un tiroir. Jour après jour, la moindre entrée ou sortie d'argent était indiquée. Alacoque avait un salaire mensuel de 24 000 francs. Vers le 15 de chaque mois, il recevait aussi un chèque de 800 francs, qui correspondait sans doute à quelque prestation régulière. Il serait facile d'en savoir plus à la banque. Si l'on pouvait, sans grand risque, deviner ce que signifiait “arnaque fiscale - premier tiers”, il était plus délicat de décrypter “loyer taudis” (1 840 francs) et “loyer manoir” (5 200 francs), mentions qui semblaient indiquer que l'universitaire possédait une résidence secondaire, à l'évidence plus coûteuse que son studio de la rue Guillaume-de-Bautru. Des prélèvements importants, tout aussi réguliers, étaient accompagnés de la mention “ponction lombaire”, ce qui laissait entendre qu'Alacoque avait les reins solides. Le studio ne comportait ni téléphone ni télévision.

Encastré dans un des murs, un petit placard regorgeait de vêtements les plus divers. Quelques complets mais aussi des micro-shorts, des mini-jupes, des débardeurs et des robes. Ainsi donc, le professeur avait une maîtresse ? Il serait facile de le vérifier en interrogeant les voisins. Contre toute attente, Gabacho ne découvrit aucun courrier, à l'exception de quelques lettres à caractère professionnel. Alacoque devait faire partie de ces gens qui détruisent toute correspondance après y avoir répondu.

Le lieu était calme, et la seule fenêtre de studio

donnait sur le parc Jouhandeau, où l'on apercevait un courageux couple d'amoureux se contant fleurette sous un parapluie. Gabacho glissa dans sa serviette le livre de comptes, en se promettant de l'analyser au microscope. Après avoir donné au chat une nouvelle ration de pâtée, il redescendit l'escalier, notant à chaque étage le nom des locataires. Il enverrait un de ses sous-verge faire une enquête de voisinage, qui sans doute ne donnerait pas grand chose, car le Professeur Alacoque semblait être un homme discret.

L'idéal aurait été de rendre aussitôt visite à Madame Alacoque, puisque celle-ci vivait, elle aussi, dans la capitale du crachin. Mais le commissaire n'avait pas le courage d'affronter la veuve, par définition éplorée. Eh bien, il serait galant de la laisser quelque temps face à son deuil. Il lui rendrait visite un peu plus tard dans la semaine. Au reste, Gabacho ne croyait guère à la culpabilité de cette femme, même s'il convenait, pour la bonne règle, de ne négliger aucune piste. N'en déplaise au misogyne Blaustrumpf, un mari mort rapporte moins d'argent qu'un époux vivant, et si d'aventure le mobilier rustique et la bibliothèque d'Alacoque trouvaient preneurs, l'argent de la transaction permettrait à peine de payer le cercueil.

*

Au commissariat, plusieurs messages attendaient Gabacho. Futagokoro faisait savoir qu'il continuait à chercher une solution au grave incident informatique qui secouait l'université. Il lui serait donc impossible de repasser au commissariat avant le lendemain matin, ce qui ravit le policier. Par ailleurs, la secrétaire du docteur Surin avait confirmé que le médecin légiste rentrerait bien de Bangkok le lendemain soir. Il serait donc préférable d'attendre son retour pour l'autopsie d'Alacoque. Gabacho constata par ailleurs que ses adjoints, contre toute attente, avaient mené à bien les humbles tâches qu'il leur avait confiées. Un feuillet dactylographié faisait la synthèse des renseignements qu'ils avaient glanés par téléphone auprès des Renseignements généraux.

*

— Madame Madeleine Alacoque. Fille du général Tartavelle de Puttigny (mort pour la France). Née le 7 juin 1947 à Saïgon. Sans profession. Adresse : 17, rue de l'Abbé-Siéyès. Banque : Crédit Lyonnais.

— Monsieur Norbert Alacoque. Né le 28 août 1938 à Paray-le-Monial (Saône-et-Loire). Fils d'instituteur. Enfance dans le Calvados. Professeur de boche pourri (?). Adresse : 24, rue Guillaume-de-Bautru. Banque Transatlantique.

— Mademoiselle Baptistine Cramouille de Perrichon-Blanzac. Née le 26 octobre 1961 à Saint- Clément-des-Baleines (Charente-Maritime). Famille vendéenne. Chargée d'enseignement de boche pourri (?). Adresse :

8 bis, avenue du Maréchal-Lyautey. Banque : Crédit Agricole.

— Monsieur Mathurin Régnier. Né le 21 juin 1940 à Saint-Martin-la-Patrouille (Saône-et-Loire). Fils de cheminot. Concierge, pension d'invalidité. Médaille de guerre d'Indochine. Médaille des Opérations en Afrique du Nord. Croix de la valeur militaire. Adresse : Université Boris-Vian, Avenue du Viceroi. Caisse d'Épargne.

— Monsieur David Henry. Né le 10 juin 1942 à New York. Origine familiale inconnue. Double nationalité. Professeur de littérature américaine, président de l'université depuis le 10 octobre 1990. Commandeur de la Légion d'honneur. Grand officier de l'Ordre national du Mérite. Officier de l'ordre des Palmes académiques. Chevalier du Taste-vin. Membre de la Mensa et du Rotary Club. Adresse : "La Pinède", impasse Jacques-Chazot. Banque Bonnasse.

— Madame Violaine Henry (del Ciuffo). Née le 29 mai 1952 à l'Île-Rousse (Corse). Père éleveur de chèvres. Laborantine au Centre hospitalier. Mariée le 12 décembre 1970 à David Henry. Sept enfants : Chrysogone, Edwige, Clotilde, Radegonde, Timothée, Nymphe et Praxèle. Banque Bonnasse.

*

Gabacho se frotta les mains. La précision des dates de naissance allait ravir Blaustrumpf qui, depuis quelques années, s'était spécialisé dans l'astrologie et tentait de soigner ses malades avec des méthodes révolutionnaires fondées sur les signes du zodiaque. Plus rationnel, le commissaire croyait dans les faits. Un relevé de compte, une liste des achats par carte bleue ou une facture détaillée des appels téléphoniques en disaient, tout de même, un peu plus que l'éventuelle influences des planètes. Par amitié pour le psychiatre, Gabacho se gardait pourtant bien d'émettre la moindre critique sur ses méthodes peu orthodoxes.

Satisfait, le policier se saisit d'un de ses dossiers occultes qu'il conservait loin des regards indiscrets, dans un tiroir à double fond. C'était le dossier jaune consacré aux professeurs de l'université Boris-Vian. Rempli de détails croustillants, il avait été constitué au fil des années. Certaines notices étaient maigrichonnes, voire anorexiques. Tel était le cas pour le Professeur Alacoque, qui n'avait droit qu'à trois ou quatre lignes : "Vit seul avec son chat, Titanic (*tiens, c'était donc le nom du tigré !*). Pas de carte bleue. Préfère payer en liquide plutôt que par chèque. Voyage peu : à Paris une fois par mois, en Inde une fois par an. Pas d'idées politiques connues, mais réactionnaire". Suivait une indication (MRR, 1988) qui indiquait à la fois l'identité codée de l'informateur et l'année du dernier renseignement enregistré. Pas très récent, en l'occurrence.

Par acquit de conscience, Gabacho sortit ensuite la fiche du président Henry. Elle était encore plus vide : “Excellent père de famille. Sept enfants. Sa femme Violaine l’accompagne dans tous les dîners. Connu pour son goût du whisky et de la cigarette. Très bon coup de fourchette”. Il n’y avait, en revanche, aucun dossier au nom de Baptistine Cramouille de Perrichon-Blanzac. Étant vacataire, elle ne figurait pas sur la liste des membres permanents de l’université.

*

Quand il regagna “La Java Bleue” pour le dîner, Gabacho constata avec plaisir que l’adjudant-chef Pige-que-Couic, était au rendez-vous. Son visage réjoui arborait un sourire réglementaire, ce qui était bon signe : il n’était donc pas revenu bredouille de son après-midi au standard de la caserne. Fleurant un nouveau tue-mouches, qu’il avait acheté en solde dans un supermarché de la mini-Zup, il s’était déjà installé à la table que Marie-Suzanne réservait à ses habitués. Attiré par l’odeur, Fax dormait à ses pieds. Bouchemaine, pour se changer les idées, lisait *Ciel de suie* de Béraud. Blaustrumpf se lissait la barbe, qu’il venait de parfumer au Mitsouko. Vêtu d’un bustier rose à bretelles et d’un micro-short à paillettes, Rachel, le patron du “Bulgare”, feuilletait *La Vie du Rail*. C’était l’heure tranquille où les lions vont boire, la meilleure de la journée.

Marie-Suzanne connaissait les habitudes de ses clients. Sans perdre une minute, elle vint leur servir une rasade de “bâtard-montrachet”, tandis que

Parkinson s'asseyait à son tour. Il avait à la main le dernier numéro du *Monde Libertaire* et portait, à l'accoutumée, sa veste rouge, sa chemise à rayures vertes et son pantalon blanc. Il réclama une gousse d'ail en guise d'amuse-gueule. À l'autre bout du bar, un client avait piqué du nez sur son dixième pastis. Des cuisines montait la bonne odeur du gigot aux fayots.

Pige-que-Couic ne se fit pas prier pour faire le point. Il lui avait été facile d'avoir le colonel Le Corre au téléphone. Celui-ci se souvenait d'autant mieux de Mathurin Régnier qu'il avait passé son mois d'hôpital, entre deux prises de sang, à classer enfin ses photos datant de la guerre d'Algérie. À cette époque, poursuivit Pige-que-Couic, Régnier s'occupait du bar de la caserne Alain-Gerbault, au cœur même d'Alger. Intelligent mais fort en gueule, il était porté sur l'alcool, et c'est sans doute pourquoi, au nom de cette logique particulière qui prévaut à l'armée, l'État-Major lui avait confié la responsabilité des bouteilles.

Quelques semaines avant le putsch des généraux, une réunion ultra-secrète s'était déroulée dans une des caves de la caserne. Y participaient les généraux Raoul Salan, Maurice Challe et André Zeller. Régnier aussi était là, pour leur servir à boire. Compte tenu de son grade de sergent, personne ne prêtait attention à lui. Le soir même, alors que Régnier terminait son service, un agent des Services secrets réussit à le soûler - ce qui n'était pas difficile -

et à obtenir des renseignements de première main sur ce que prévoyaient Salan, Challe et Zeller. Quelques heures plus tard, un rapport circonstancié était sur le bureau du général de Gaulle, à Paris.

— Eh bien, s'exclama Bouchemaine, j'imagine que le pauvre Régnier a dû être décoré. Héros sans l'avoir voulu.

Pige-que-Couic hocha la tête.

— Négatif. Le 19e B.I.T.A était du côté des putschistes. Les camarades de Régnier ont découvert d'où venait la fuite. Après l'avoir passé à tabac, ils l'ont laissé pour mort sur le trottoir. Avec un écriteau au cou : "Traître à l'Algérie française". Il a été découvert in extremis par une patrouille. Six mois d'hôpital.

— Une chance de cocu, bredouilla Parkinson, qui détestait l'armée.

— Pas vraiment, reprit l'adjudant-chef. Régnier avait été châtré au rasoir. Il s'en est tiré, mais ses joyeuses sont restées dans le caniveau. Il a quitté l'armée avec une bonne pension.

À l'évocation de cette tragédie, Rachel avait blêmi. Il fallut, en urgence, lui faire avaler un triple-sec.

— Rien d'autre ? demanda Gabacho.

Pige-que-Couic acquiesça.

— Si, Commissaire. Régnier n'avait eu aucun mal à savoir le nom de l'agent de renseignements qui l'avait piégé. Cet homme s'appelait…

Goûtant par avance l'effet qu'il allait produire, l'adjudant-chef termina son verre de vin.

— Il s'appelait Norbert Alacoque. Celui-ci dépendait directement du général Lafleur. Eh bien, j'ai pu avoir Lafleur au téléphone. Plus très jeune, un peu dur d'oreille, mais une mémoire d'éléphant. Selon Lafleur, Alacoque était un agent de renseignements tout à fait remarquable. Il était fait pour le contre-espionnage. Après la guerre d'Algérie, Lafleur et les gros bonnets du S.D.E.C.E. ont cherché à le recruter. Peine perdue. Il ne s'intéressait qu'aux langues… Autrement dit, Commissaire, vingt ans après le putsch d'Alger, Régnier et Alacoque se sont retrouvés par hasard à l'université Boris-Vian. L'un comme concierge, l'autre comme professeur.

Gabacho ne tenait plus sur sa chaise.

— Voilà le mobile que nous cherchions ! Bravo, Pige-que-Couic, vous êtes, vous aussi, un génie du renseignement.

L'adjudant-chef rougit sous le compliment. Il se passa la main sur le crâne, recouvert d'un discret duvet de poils ras.

— Cela prouve, en tout cas, reprit le commissaire, que Régnier nous a menti. Il connaissait très bien Alacoque, et il avait toutes les raisons de l'éliminer. Facile ensuite, le forfait accompli, de se soûler à mort pour tomber dans un coma éthylique.

— Il a des circonstances atténuantes, murmura Rachel, qui reprenait peu à peu ses couleurs.

— Puis-je vous demander la date de naissance de Régnier ? quémanda Blaustrumpf.

Gabacho sortit une feuille de son dossier.

— Il est né le 21 juin 1940.

— Un Gémeaux, je vous l'avais dit ! Rappelez-vous mon hypothèse de départ : le meurtrier ne pouvait être qu'un Scorpion ou un Gémeaux.

Le commissaire hocha la tête.

— L'ennui, mon cher Blaustrumpf, c'est que nos autres suspects mériteraient aussi d'aller au trou. Voyons... Madeleine Alacoque : Gémeaux. Baptistine Cramouille : Scorpion. Le président Henry : Gémeaux. Itou pour sa femme Violaine.

— Simple coïncidence, concéda le psychiatre. Tous les ânes ne s'appellent pas Martin.

Gabacho avala son verre de vin et se leva.

— Je vais téléphoner au commissariat et prier mes baluchards de collègues d'aller cueillir Mathurin Régnier. J'irai l'interroger après le dîner.

Pendant qu'il se dirigeait vers le téléphone, près des toilettes, Bouchemaine fit signe à Ahmed. Une tournée générale s'imposait. Décidément, ses collègues l'étonneraient toujours. Au train où allaient les choses, il apprendrait un jour que le président avait été gogo-boy dans une boîte de San Francisco.

V

Le lendemain matin, *La Gazette* consacrait la quasi-totalité de sa “une” au front universitaire. Un premier titre, sur quatre colonnes, annonçait le meurtre du professeur de bhojpouri : “Le Professeur Alacoque sauvagement assassiné - Le corps de l’éminent universitaire découvert nu dans son bureau (voir nos informations en page 4)”. Un second article, sur cinq colonnes, s’intitulait “Waterloo informatique à Boris-Vian - Un virus efface les résultats des examens : le ministre réclame une enquête (lire en page 6)”.

Bouchemaine esquissa un sourire. Sa haine des adverbes parasites le fit apprécier, à sa juste valeur, “sauvagement assassiné”, ce qui laissait entendre qu’il y avait des meurtriers délicats et raffinés. En somme, Alacoque n’avait pas eu de chance : il aurait pu passer l’arme à gauche dans un fauteuil Louis XVI en sirotant un bouillon de onze heures ou en dégustant, sur un air de clavecin, un rocher à l’arsenic enrobé de chocolat suisse. Au lieu de quoi, on le retrouvait nu comme un ver, étranglé par un inconnu mal dégrossi, un sauvage meurtrier.

Une longue nécrologie, ponctuée de clichés, était

consacrée à la carrière de la victime. Elle se contentait de reprendre, agrémentée de coquilles et d'erreurs de date, la notice sur Alacoque dans le *Who's Who*. À l'accoutumée, *La Gazette*, qui avait le cœur sur la main, présentait ses condoléances à la "veuve éplorée" et au fils du professeur. Dans un encadré, un journaliste expliquait que l'université Boris-Vian était la seule en France à proposer un enseignement de bhojpouri, mais le stagiaire de service était allé aux mauvaises sources. Le bhojpouri y était présenté comme "une langue dravidienne d'origine arabo-persane". Il est vrai que le pauvre Alacoque, qui était si fier de sa licence de hindi, de son diplôme d'arabe et de son agrégation de lettres classiques, se retrouvait nanti d'un simple capès d'allemand. Une photo sur deux colonnes, prise lors d'un départ en retraite, le montrait avec son nœud papillon qui ne le quittait presque jamais, les yeux rougis par l'éclat du flash.

Tout aussi intéressante était l'information consacrée au Waterloo électronique. Dans une interview, le président Henry tentait de minimiser l'affaire. "Les meilleurs spécialistes sont à pied d'œuvre, 24 heures sur 24. Tout porte à penser qu'ils parviendront à raviver la mémoire défaillante de l'ordinateur", précisait-il. Prudent, il envisageait toutefois le pire : "Au cas, très improbable, où le virus serait plus perfide que nous le pensons, l'université se mobiliserait, des secrétaires aux professeurs. Nous procéderions alors à un nouveau report des notes et, si nécessaire, à de nouvelles délibérations". Les syndicats d'étudiants appelaient, pour le jour même, à une assemblée générale dans l'amphithéâtre Michel-Ange. Un représentant du ministère, interrogé par le correspondant parisien de *La Gazette*, ne mâchait pas ses mots : cette situation, disait-il, était "inacceptable" ce qui, en bon français, signifiait qu'elle serait donc acceptée.

La presse ne signalait pas que l'enquête avait progressé beaucoup plus vite que prévu. Sur le coup de minuit, un coup de téléphone de Gabacho avait appris à Bouchemaine que le concierge s'était laissé cueillir sans opposer la moindre résistance. Conduit au commissariat, il s'était contenté de répéter son fragile alibi : il ne se souvenait de rien. Il perdit pied quand le commissaire l'accula à son mensonge : à l'inverse de ce qu'il avait prétendu, il connaissait bien le Professeur Alacoque et avait même toutes les raisons de lui en vouloir. Mathurin s'était alors réfugié dans le mutisme, se contentant de réclamer l'assistance d'un avocat, ce qui tomba dans l'oreille d'un sourd. Il y avait belle lurette que Gabacho ne consultait plus son Dalloz.

Bouchemaine s'apprêtait à quitter son modeste studio pour aller vérifier ses notes à l'université, quand un coup de téléphone de Rachel le fit changer d'avis. "Venez vite me voir, Professeur. C'est très important. Je vous attends devant la porte du bar".

Le professeur de sanskrit avait beaucoup d'amitié pour le propriétaire du "Bulgare", un ancien cheminot qui, après avoir créé l'association "Les Homos du Rail", avait lancé une revue militante, *La Cheminote*, dont il était le principal rédacteur. Tiré à 200 exemplaires, le viril organe des homos avait fait une belle percée dans les backrooms des principales villes ferroviaires. Le siège social de cet humble périodique était "Le Bulgare", situé derrière la voie ferrée, au cœur même de la capitale du crachin. Quelques associations familiales avaient, à bon droit, essayé de le faire fermer, mais le bar avait résisté aux rafales de la vertu. La loi était la loi. Puisqu'il n'était plus, hélas, interdit d'être pédé, rien ne s'opposait à ce que les uranistes de province pussent se réunir le soir, dans le strict respect des règlements administratifs et sous la bannière étoilée des droits de l'homme.

Rachel attendait donc Bouchemaine devant la porte du bar, impasse Fassbinder. Blaustrumpf était à ses côtés, ce qui ne surprit qu'à demi le professeur de sanskrit. Le médecin, il le savait, était un des piliers du "Bulgare" depuis qu'il avait décidé, laminé par plusieurs mariages successifs qui l'avaient presque conduit au dépôt de bilan, de limiter sa fréquentation des femmes au strict minimum : celle des lesbiennes intégristes.

Les trois hommes se serrèrent la main et pénétrèrent dans le bar que Rachel referma à double tour. Pour une fois, la pièce apparut sous tout le feu des projecteurs, ce qui permit à Bouchemaine d'admirer la décoration intérieure, à la fois littéraire et artistique.

Divers portraits étaient accrochés aux murs. On y reconnaissait Arthur Rimbaud, Paul Verlaine, Michel Foucault, Roland Barthes, le père Charles de Foucauld, Rock Hudson et Oscar Wilde. De remarquables photos de l'hédoniste Wilhem von Gloeden étaient affichées au-dessus du zinc. Saisis sous le soleil de la Méditerranée, de bruns bardaches avaient posé nus devant l'appareil de l'artiste. Bouchemaine, qui avait toujours apprécié le talent du Prussien, retrouva avec plaisir ces images qui fleuraient bon la Belle Époque : “Adolescent à la couronne de fleurs”, “Garçon à la flûte”, “Deux enfants dans les falaises”. Il fallait de tout pour faire un monde.

Rachel avait débouché une bouteille de château-pétrus. Les trois amis trinquèrent en silence.

— Mon cher Bouchemaine, dit soudain le patron du “Bulgare”, l'affaire Alacoque vient de rebondir.

— Je sais, fit le professeur, le coupable est sous les verrous.

Le gourou des homos du rail se mouilla les lèvres avant de poursuivre.

— Je ne parlais pas de cela. En ouvrant *La Gazette*, ce matin, la photo d'Alacoque m'a sauté au visage. Eh oui, je me suis alors aperçu que c'était un de mes clients, un de mes plus fidèles clients même ! Bien sûr, j'ignorais son nom. Ici, on ne pose pas de questions. C'est un peu l'abbaye de Thélème. Chacun fait ce qu'il entend et se donne l'identité qu'il veut. Ainsi, si ça peut vous amuser, mon vrai prénom n'est pas Rachel, mais Gaston... pourquoi pas Gastounet ? Et vous savez où je suis né ? À Lalongue, dans les Pyrénées-Atlantiques comme notre ami Gabacho. Ce genre de détail ne s'invente pas ! Bon, gardez ça pour vous, Professeur. Ici, tout le monde me connaît sous le nom de Rachel, et c'est très bien ainsi. Un nom très biblique… Où en étais-je ? Ah oui, Alacoque… Au “Bulgare”, il se faisait appeler Valérie.

Bouchemaine éclata de rire.

— Valérie ? Je n'en crois pas mes oreilles.

Blaustrumpf alluma un cigare.

— Et vous n'en auriez pas cru vos yeux ! Tous les soirs, la belle Valérie, comme nous l'appelions, débarquait au “Bulgare” et passait se changer aux toilettes. Puis le viril Alacoque réapparaissait en mini-jupe et en débardeur échancré.

— Vous voulez dire qu'il se déguisait en femme ?

— C'est plus compliqué que cela, reprit Rachel. Il ne portait pas de perruque, il ne se grimait pas. Non, ça l'amusait de mettre une jupe, voilà tout. Il s'asseyait là-bas, près de la cheminée, remontait sa jupe et montrait ses jambes, qu'il avait d'ailleurs très belles et très musclées. Mais il parlait peu. De temps à autre, il offrait un verre à Blaustrumpf.

— Nous avions à peu près le même âge, coupa celui-ci. À vrai dire, il ne cherchait pas à communiquer. Son plaisir, il était le seul à en connaître la vraie nature. Tout cela, d'ailleurs, n'a rien d'étonnant puisqu'il est né sous le signe de la Vierge, qui est celui de la douce folie… Et puis, en fin de soirée,

Alacoque repassait aux toilettes, se changeait et disparaissait dans la nuit, toujours à pied. En fait, nous ne l'avions pas revu depuis quinze jours. Tout le monde pensait qu'il était en vacances. Cela va beaucoup intéresser Gabacho, mais nous avons préféré vous en parler en premier. Je n'aime pas appeler le commissariat. Il y a toujours des oreilles poilues qui traînent.

Bouchemaine vida son verre et regarda sa montre.

— Diable, il faut que je file... Bon, vous avez raison. Inutile de colporter tout ça sur la place publique. Le pauvre Alacoque, après tout, ne faisait de mal à personne. D'ailleurs, puisque les femmes mettent des pantalons, je ne vois pas pourquoi les hommes bouderaient les mini-jupes. Bon, le commissariat est sur ma route, je vais y faire un saut en me rendant à Boris-Vian.

*

Seul dans son bureau, Gabacho regardait la pluie tomber. Ainsi donc, l'affaire Alacoque était bouclée. Après une courte matinée d'interrogatoire, Mathurin Régnier avait avoué son forfait, comme si la mémoire lui était soudain revenue avec la force des eaux qui forcent un barrage. Tout s'était passé très vite, ce dimanche soir. Vers 21 heures, le concierge s'était rendu au domicile d'Alacoque, rue Guillaume-de-Bautru. Après une brève hésitation, celui-ci l'avait fait rentrer dans son studio.

— Il savait que je me vengerais un jour, avait

déclaré Régnier. Depuis qu'il m'avait reconnu, il y a une dizaine d'années, il vivait dans la crainte de ce face à face.

Puis Régnier l'avait étranglé. "Avec un grand plaisir, Commissaire. C'était la fin d'un cauchemar". Il retourna ensuite à l'université. Puis, sur le coup de trois heures du matin, il revenait au centre-ville pour transporter le corps sur le campus. Après avoir désactivé le verrouillage électronique, il jetait le cadavre sur le plancher du bureau et le déshabillait. "Pour l'humilier, Commissaire, pour l'humilier…". Il était alors retourné dans la loge pour s'enivrer.

Interrogé sur les vêtements de la victime, Mathurin s'était de nouveau muré dans le silence puis, après quelques minutes de réflexion, il expliqua qu'ils avaient fini dans une grande poubelle de l'université.

Gabacho en était là de ses réflexions quand Bouchemaine frappa à la porte. Le policier le fit asseoir et l'informa de l'heureuse conclusion de l'enquête.

— Tout est donc bien qui finit bien, Commissaire. Je venais vous apporter une information étonnante, mais désormais inutile. Voilà, Rachel et Blaustrumpf connaissaient de vue le Professeur Alacoque. C'était un habitué du "Bulgare", qu'il fréquentait tous les soirs. Il était connu dans le milieu sous le nom de Valérie…

— Comme Giscard d'Estaing ?

— Non, Commissaire, comme Kaprisky. Si j'ai bien compris, Alacoque était une sorte de travelo.

Gabacho fronça les sourcils puis éclata de rire.

— C'est la meilleure de l'année ! Alacoque travelo ? Allons donc ! Les travelos de la ville, je les connais tous par cœur. C'est même, si vous le permettez, ma spécialité. Alacoque ne figure sur aucune de mes fiches.

— Vous devriez passer plus souvent au “Bulgare”.

— Sans doute, sans doute. Il faut croire que je vieillis. Vous savez, Bouchemaine, les travelos sont en général des gens délicieux. Ils ne feraient pas de mal à une mouche. N'empêche, toute cette affaire me met mal à l'aise. Quelque chose m'échappe. Bien sûr, le concierge a avoué. Nous avons donc un coupable et un mobile. Mais je ne crois qu'à demi à ses aveux. Trop rapides. Trop faciles. J'avoue que je vois mal le concierge remonter chez sa victime à trois heures du matin pour le livrer à l'université. Pourquoi ne pas laisser le corps où il était, rue Guillaume-de-Bautru ?

— La logique d'un criminel a des raisons que la raison ne connaît pas…

— Et maintenant vous venez me raconter que saint Alacoque, à qui on aurait donné le bon Dieu sans confession, passait des soirées dans un bar pédé, habillé en mini-jupe ! Non, Bouchemaine, tout cela est incohérent. Encore un petit effort, et vous allez m'apprendre qu'Alacoque travaillait pour le K.G.B., la C.I.A. ou le F.B.I., qu'il violait les bonnes sœurs et faisait la manche à la gare. Il faudrait…

On frappait à la porte. C'était Futagokoro qui rentrait de l'université, où il avait passé la nuit et une partie de la matinée. Il n'était pas rasé et semblait épuisé. Il s'effondra sur une chaise.

— Excusez-moi, Commissaire. Je vous ai fait faux bond ce matin. Mais j'étais avec le président Henry et sa suite. Ses prétendus experts en informatique ne valent pas tripette. Ils passent leur temps à se crêper le chignon.

— Vous avez réussi à débloquer le système ?

Futagokoro fit la grimace.

— Impossible. Ces abrutis ont accumulé toutes les erreurs qu'il ne fallait pas faire. Un vrai spécialiste doit arriver de Paris cet après-midi, mais je doute qu'il fasse mieux que moi. L'important, dans ce genre de situation, c'est de ne pas s'énerver, mais tous ces mariolles étaient à bout de nerfs. Ils accusaient l'informatique. Elle a bon dos, l'informatique ! Comme si l'informatique pouvait se tromper ! Mais ce n'est pas ça qui vous intéresse, Commissaire. J'ai pu profiter d'une récréation - ces gens-là ont toujours soif -, pour me brancher sur l'ordinateur central des Armées. Rien sur le Professeur Alacoque. Il faut croire que tous les dossiers n'ont pas été informatisés.

Gabacho rayonnait.

— C'est bien ça l'ennui, avec l'informatique ! On n'obtient que du prédigéré. Vous verrez, Gokoro, on en apprend beaucoup plus en fouillant dans les coins, en faisant la tournée des bars et des saunas, en laissant traîner ses oreilles près des téléphones publics.

— Du coup, reprit le Franco-Nippon, je me suis

branché sur les casiers judiciaires. Et là, je ne suis pas revenu bredouille. Rien sur Alacoque. J'ai appris, en revanche, que le concierge était passé au tribunal en 1968, pour coups et blessures. Ses brillants états de services militaires ont joué en sa faveur. Il a écopé de huit mois de prison, mais avec sursis.

Gabacho écoutait sans mot dire. Ainsi donc, Mathurin n'en était pas à son coup d'essai ? Cette première affaire pèserait lourd dans la balance. Le policier avait donc tort de douter des aveux du concierge puisque tout allait dans le sens de sa culpabilité. Il y avait un mobile : la vengeance. Avec le président, il était le seul à posséder la bonne carte à puce et donc à pouvoir pénétrer de nuit dans l'université. Il avait un passé de militaire, un passé de violence, et la mutilation dont il avait été la victime en Algérie avait sans aucun doute créé en lui une profonde frustration. Elle expliquait les faits de manière presque mathématique : la loi du talion.

— Merci de votre collaboration, mon cher Gokoro. Cela apporte de l'eau au moulin de mon dossier. Le concierge a avoué. Il sera mis en examen dans les heures qui viennent. Ce qui m'ennuie, c'est que nous n'avons toujours pas de rapport d'autopsie. Mais Surin rentre ce soir, et j'espère bien avoir ses conclusions demain midi.

— Pas si sûr, coupa Bouchemaine. J'ai entendu à la radio qu'Air France venait de se mettre en grève.

Gabacho haussa les épaules.

— N'ayez crainte. Le docteur Surin est un baroudeur. Il n'est pas né de la dernière pluie, comme on dit dans la ville. Cela m'étonnerait beaucoup qu'il ait commis la bévue de voyager sur Air France. À mon avis, il sera sur un vol de la Luftwaffe. Vous pourriez vérifier ça vite fait, Gokoro ?

Le Nippo-Français se figea au garde-à-vous.

— Natürlich, Herr Kommissar, natürlich !

VI

L'après-midi traînait en longueur. Malgré les aveux de Mathurin Régnier, l'enquête préliminaire n'était pas close. Il convenait d'attendre le rapport d'autopsie. Une question d'heures si, comme chacun l'espérait, le docteur Surin regagnait la France le jour même. Du coup, se sentant désœuvré, Gabacho décida de retourner à l'université.

Le campus était en pleine effervescence. Des milliers d'étudiants en uniforme - jeans, T-shirts, Reeboks -, s'étaient groupés sur le gazon détrempé. Brandissant des pancartes, certains réclamaient déjà la démission du président. D'autres, dont les cheveux grisonnants émergeaient d'une casquette ghetto, tentaient de chauffer à blanc la future élite de la nation. Avec un pincement au cœur, le policier reconnut de loin une grande blonde peroxydée, montée sur des chaussures de cosmonaute qui lui faisaient gagner dix centimètres. C'était sa fille Diane, dans son jeans Gucci tailladé au cutter et son caraco Versace rose fluorescent. Depuis quatre ans, elle poursuivait, sans rage excessive, de vagues études de sanskrit, dont Gabacho se demandait vers quel cul-de-sac professionnel elles la conduiraient. Peu importait, après tout. Il y avait belle lurette que Gabacho ne nourrissait plus d'illusions sur le quotient intellectuel de sa fille. Elle irait, de toute façon, rejoindre la longue cohorte des diplômés sans emploi, à moins qu'elle ne se décidât à écrire une thèse, ce qui la conduirait à l'âge de la ménopause, mais lui permettrait - c'est Bouchemaine qui lui avait expliqué -, de décrocher à l'usure un poste à Tahiti ou aux Kerguélen, voire dans quelque petite université de province.

Un policier était de garde devant la loge du concierge. Celle-ci avait déjà été fouillée de fond en comble, et aucun indice particulier n'avait été découvert. Il n'y avait, en tout cas, aucune trace des vêtements et du nœud papillon d'Alacoque. Mathurin avait sans doute dit vrai : ils étaient passés au crématoire des éboueurs. Gabacho décida d'examiner les lieux une dernière fois. Sur un des murs, une grande carte de l'Algérie était déployée, et le concierge y avait indiqué, à l'aide d'autocollants aux diverses couleurs, les villes où il avait été en garnison : Alger, Mostaganem, Sidi-Bel-Abbès, Colomb-Béchar et Philippeville. Sur une étagère, une dizaine de photos d'amateur représentaient de jeunes militaires en uniforme. Empilés sur une cantine, une pile de livres montrait que le concierge avait des lettres, ce qui, compte tenu de sa fonction, n'avait rien de surprenant.

Il y avait là plusieurs romans de Jean Lartéguy, des *Centurions* aux *Prétoriens*, mais aussi *Le Roi Lépreux* de Pierre Benoit, *Le Vice-consul* de

Marguerite Duras, *L'Anti-Jeu* de Jean Hougron et *L'Exposition universelle* d'Érik Orsenna. Mathurin, à l'évidence, vivait encore à l'heure du Vietnam et de l'Algérie. Quelques exemplaires jaunis de *La Gazette* voisinaient avec *Militaria Magazine* et *Uniformes*. Tout cela correspondait bien à ce que Gabacho savait du concierge : il était resté dans l'âme un militaire, dont l'horloge s'était arrêtée avec la perte de l'Algérie. Ce qui, tout de même, n'était pas suffisant pour expliquer le meurtre du Professeur Alacoque.

Gabacho retraversa le campus et se dirigea vers le haut bâtiment Pierre-de-Coubertin, dont les quatorze étages et les quatre cent vingt bureaux accueillaient à l'étroit les divers services administratifs. Le policier allait appuyer sur le bouton de l'ascenseur quand la porte s'ouvrit d'elle-même pour dégorger un groupe d'informaticiens à la mine défaite. Futagokoro était parmi eux.

— Ah, Commissaire ! C'est la catastrophe, tout reste bloqué. Le spécialiste parisien, venu en avion-taxi, s'est également cassé les dents. La seule solution serait de faire venir du Japon l'ingénieur qui a conçu l'ordinateur et le génie qui a mis au point le logiciel… Excusez-moi, Commissaire, mais je ne puis laisser ces gens dans le pétrin. Nous allons de ce pas voir le président.

Le stagiaire rejoignit ses comparses. On aurait dit une secte d'intégristes. Ils avaient le visage blafard, l'œil chassieux et le front fuyant. Ils étaient engoncés dans des complets gris souris - couleur de l'informatique -, encravatés comme pour des obsèques et chaussés d'escarpins Weston. Tous portaient à la main un attaché-case Samsonite et un strict parapluie Dalila. Gabacho éclata de rire et s'engouffra dans l'ascenseur. Il allait voir Dorange, le pionnier des réformes.

*

L'homme qui reçut le commissaire, au quatorzième étage, ressemblait à un cercopithèque avec sa touffe rousse sur le sommet du crâne, ses épais sourcils noirs et blancs et ses yeux marrons exorbités. D'une taille impressionnante - 1 mètre 90, au premier coup d'œil -, il avait la maigreur d'un luthérien anorexique et semblait flotter dans ses vêtements noirs, sans doute taillés dans une vieille soutane. Ses longs doigts effilés se terminaient par des ongles très longs, indice classique d'une solide névrose sexuelle.

Sur le bureau trônaient plusieurs bouteilles de Perrier et diverses boîtes de médicaments. D'un geste machinal, Gabacho chercha dans sa poche son paquet de cigarettes, mais, n'apercevant aucun cendrier, il se ravisa.

— J'attendais votre visite, Commissaire. Un de vos adjoints a eu la courtoisie de m'en informer.

Malgré la haute taille, la voix de l'homme était à la fois frêle et sépulcrale.

Comme toujours quand il était intimidé, Gabacho

s'excusa de devoir s'excuser. Il savait, poursuivit-il, combien les universitaires vivaient au rythme des cadences infernales. Il s'en voulait de devoir empiéter ainsi sur des journées déjà si harassantes.

— Ah, je suis heureux de vous l'entendre dire, Commissaire. Si vous saviez le nombre d'individus qui ironisent à ce sujet. Même ma pauvre mère me croit toujours en vacances ! Il faut dire que le grand public est la proie toute désignée d'une certaine presse et que, pour des raisons sur lesquelles je ne m'étendrai pas, les journalistes jalousent les universitaires.

Il fut pris d'une quinte de toux qui le secoua pendant plusieurs secondes. Il se saisit d'un flacon de couleur violette et versa quelques gouttes dans un verre.

— Excusez-moi, Commissaire, j'ai de graves, de très graves problèmes de santé. C'est même pour ça que je n'ai jamais pu finir ma thèse.

Cela ne surprit pas Gabacho. Il avait depuis longtemps remarqué que les non-fumeurs et les buveurs d'eau semblaient toujours à deux doigts de la mort. Ils chopaient tous les virus et toutes les bactéries, étaient toujours entre deux rhumes et traînaient comme un boulet une fatigue qui ne les quittait jamais. Pour faire diversion, le commissaire désigna du doigt une épaisse liasse de documents informatiques.

— Vous êtes, je le sais, confronté à de redoutables problèmes…

Dorange avala deux comprimés avant de répondre.

— Les fantaisies des ordinateurs du premier étage ne m'intéressent pas. Je m'occupe des réformes, Monsieur. Tandis que mes collègues gèrent le quotidien, assez mal d'ailleurs, je vis, moi, dans l'an 2000, et même au-delà. Je dépouille les projets de réforme, je les traduis en français, ce qui n'est pas une mince affaire, je les analyse et je prépare leur mise en application. J'enseigne depuis 1961, Commissaire, et depuis cette date j'ai vu passer seize ministres. Seize ! Et encore, je vous fais grâce des secrétaires d'État.

— Un lourd travail, j'en conviens, mais…

Dorange se saisit d'un collutoire et humecta le fond de sa gorge.

— Lourd, sans doute, puisque je suis à mon bureau de 9 heures du matin à 23 heures. Mais ce n'est rien, j'ai toujours aimé travailler. Ce qui est dur, c'est le côté ingrat de la chose. Il m'arrive de passer six mois sur une réforme et d'apprendre, au moment de la mettre en œuvre, que le ministre est passé à la trappe. Il faut alors se coltiner une nouvelle réforme, dont le seul but est en général d'occulter la précédente. À côté de moi, Sisyphe était un rigolo ! Mais nous allons, malgré tout, dans le sens de l'histoire, et, à l'aube de l'an 2000…

D'un geste de la main, le commissaire arrêta l'envol de son interlocuteur. Rien ne l'irritait plus que les références à l'an 2000, providence des conseillers généraux et des sénateurs quand ils inauguraient les comices agricoles.

— Excusez-moi, Monsieur Dorange, mais l'an 2000 n'est pas ma préoccupation du moment. J'ai, en revanche, quelques questions bien terre à terre à vous poser.

Dorange se renfrogna.

— Fort bien, Commissaire. Je vous écoute.

— Permettez-moi, tout d'abord, de mettre mes fiches à jour, pour la bonne règle. Vous êtes bien né le 28 mai 1942 à Plouguenast, dans les Côtes-du-Nord, et vous enseignez, je crois, la pédagogie.

— Oui, si vous voulez. Je suis un spécialiste de didactique. Mais mon état de santé m'a contraint à abandonner l'enseignement. Je me suis donc consacré aux réformes.

— D'après mes renseignements, vous êtes tous les jours le dernier à quitter l'université ?

— En effet. Les réformes sont une sorte de sacerdoce et, de toute façon, je ne vais jamais au restaurant à cause de mon ulcère. Je quitte donc le campus à 23 heures.

Gabacho fixa son interlocuteur dans les yeux, qui ressemblaient à des balles de ping-pong.

— Réfléchissez bien, Monsieur Dorange. La veille du jour où le Professeur Alacoque a été assassiné, que s'est-il passé quand vous avez quitté les lieux ?

— Nul besoin de réfléchir, Commissaire. Je me souviens très bien. J'ai quitté le bureau à 22 h 50 et j'ai descendu à pied les quatorze étages. Je ne prends jamais l'ascenseur, car je suis claustrophobe et, surtout, j'ai peur de rester coincé sans avoir tous mes médicaments à portée de la main. Puis je suis ressorti, comme d'habitude, par la porte ECF 71. Comme d'habitude aussi, j'ai croisé le concierge. Je lui ai trouvé mauvaise mine. Il faut dire qu'il boit, ce qui n'arrange pas la santé. Nous avons échangé quelques banalités sur la météo. Comme je me plaignais de ce temps pourri, il s'est exclamé : “Mais c'est général, Monsieur, c'est général !”. Général, alors qu'il fait grand soleil à Montpellier ou à Nice. Alors que mon asthme ne me quitte jamais ! Ah, Commissaire, si vous saviez comme j'aurais besoin de soleil. Ce temps gris m'oblige à prendre des vitamines.

— Puis vous avez regagné votre voiture ?

— Je n'ai pas de voiture. Mes médecins m'ont recommandé la bicyclette, qui est excellente pour la circulation du sang et contre les hémorroïdes. Mon vélo m'attendait à l'entrée du parking. J'ai mis mon imperméable et je suis rentré à la maison où je suis arrivé une demi-heure plus tard, disons à 23 h 30. Juste à temps pour avaler mes somnifères et mes antidépresseurs.

— Vous n'êtes pas marié, je crois…

— Difficile d'avoir une vie normale avec mon état de santé, ou alors il faudrait que j'épouse une infirmière.

— En quittant l'université, vous n'avez croisé personne ?

Dorange parut réfléchir.

— Si, maintenant que vous me le dites. Au moment où j'enfourchais mon vélo, j'ai aperçu la voiture du président.

— Tiens, tiens ! Il ne m'a pas dit vous avoir vu.

— Pas étonnant, Commissaire. J'étais dans l'obscurité et je n'avais pas encore allumé mes feux. Je l'ai fait, comme d'habitude, en débouchant sur l'avenue du Viceroi.

— Le président était seul ?

— À cette distance, je n'ai pu m'en rendre compte. Je crois qu'il rentrait d'un concert. Il y avait fait allusion lors du briefing bihebdomadaire que nous avions eu dans l'après-midi. Mais puis-je vous demander si votre enquête a progressé, Commissaire ?

— Elle progresse, elle progresse, rassurez-vous. Au fait, vous connaissiez bien le Professeur Alacoque ?

Barthélémy Dorange se gratta le crâne.

— Oui et non. Il faisait partie de ces gens qui ne s'investissent pas dans l'administration. Il boudait nos réunions, sous prétexte que le tabac y était interdit. Il freinait des deux fers quand nous lui réclamions de moderniser son enseignement. À quoi bon enseigner le bhojpouri s'il n'y a pas d'emplois à la clef ? Nous essayons d'ouvrir nos universités sur le monde extérieur, sur les entreprises. L'enseignement du grec, du latin ou du bhojpouri est une sinistre blague. Ce qu'il faut à nos jeunes, c'est l'informatique, la didactique, la robotique, la logistique, la génétique, la productique.

Gabacho esquissa un sourire. Toutes ces tiques ne lui disaient rien qui vaille. Il songea au mot de Saint-Just : “Je hais les mots nouveaux. L'imposture les chérit”.

— À propos, si j'ose dire, vous connaissez Mademoiselle Cramouille de Perrichon-Blanzac ?

Le préposé aux réformes eut un haut le cœur, qui était peut-être dû à un de ses médicaments.

— Cramouille ? Ah non, Commissaire, que ce cilice s'éloigne de moi ! Alacoque était un vieux réac, c'est entendu, mais enfin personne n'aurait mis en doute ses compétences. D'autant qu'il avait des diplômes pleins la musette. Il aurait très bien pu, par exemple, enseigner l'arabe économique au lieu du bhojpouri classique ou médiéval. Très important, l'arabe ! 300 millions de locuteurs, ça n'est pas rien. Il y a de gros marchés à prendre, et donc des emplois à la clef. Ah, Commissaire, je puis vous assurer, si Dieu me prête vie, que je ferai tout pour empêcher Cramouille de nuire. Le bhojpouri, croyez-moi, va passer à la trappe.

— Revenons, si vous le permettez, au Professeur Alacoque. Vous ne le portiez pas dans votre cœur…

Dorange porta la main à sa poitrine.

— Ne parlons pas de cœur, s'il vous plaît. Le mien est en piteux état. Bon, c'est vrai, Alacoque n'était pas un intime. Je n'ai d'ailleurs pas d'intimes. Les gens me fuient parce que je sens le sapin. Moi, je passe ma vie à préparer les réformes de l'an 2000. Alacoque, lui, passait la sienne à faire la sourde oreille. Il fumait dans les couloirs depuis que c'était interdit... Enfin, je ne voudrais pas dire du mal d'un mort. Mais, au seuil du XXIe siècle, l'université n'a plus besoin d'érudits de l'ancienne école. Ce qui nous intéresse, c'est l'efficacité.

— Alacoque avait donc beaucoup d'ennemis ?

Le préposé aux réformes balaya la question de la main. Il regarda sa montre et avala une pilule verte.

— Le terme est un peu fort, Commissaire. Alacoque, je vous l'ai dit, était un grand bonhomme. Mais c'était un homme du passé. Il refusait même d'utiliser l'ordinateur de son bureau. Ces gens-là devraient prendre leur retraite à 50 ans. Ce sont des poids morts. Ils freinent la marche du progrès. Mais la fonction publique est, hélas, ce qu'elle est. Il n'est pas prévu par les règlements qu'on puisse se débarrasser des poids morts.

Gabacho se leva d'un bond.

— Eh bien, c'est chose faite, Monsieur. Le Professeur Alacoque a débarrassé le plancher. Le poids mort, si j'ose dire, est maintenant à la morgue.

Il sortit sans se retourner et claqua la porte.

*

Un message du Centre hospitalier attendait le commissaire sur son bureau. Enfin une bonne nouvelle. Le docteur Surin voyageait bien sur la

Lufthansa. Il avait envoyé un fax de l'aéroport de Bangkok pour confirmer son arrivée à Roissy, le soir même. Il serait à Frankfort à 19 h 05, d'où il repartirait à 21 h 40 pour atterrir à Roissy à 22 h 50. Il prévoyait de prendre le premier TGV le lendemain au chant du coq et serait donc à l'hôpital à 9 h 30. Gabacho aurait un premier rapport d'autopsie aux environs de midi.

Puis le commissaire se saisit d'une grande feuille de papier. À première vue, il perdait son temps puisque Mathurin Régnier avait avoué son crime. Mais un sentiment de malaise continuait de l'habiter. Ça ne serait pas la première fois, après tout, qu'un innocent s'accuse d'un crime qu'il n'a pas commis. Il n'était donc pas inutile, du moins dans un premier temps, de continuer à réfléchir, histoire de s'assouplir les méninges.

Prenant son stylo, Gabacho se mit à écrire.

Témoins/Suspects ?	Mobile	Casier	Force Physique
1 - *Dolores*	*vol ?*	*?*	*Non*
2 - *Mathurin*	*vengeance*	*oui*	*oui*
3 - *Président*	*?*	*non*	*oui*
4 - *Cramouille*	*intérêt*	*?*	*à vérifier*
5 - *Dorange*	*idéologie*	*?*	*oui*
6 - *Mme Alacoque*	*intérêt*	*?*	*à vérifier*
7 - *Fils Alacoque*	*intérêt*	*?*	*à vérifier*

Cette première liste comportait bien des inconnues, et elle n'était pas limitative. On pouvait imaginer un huitième suspect, X, qui aurait commis le meurtre pour la raison Y. Une équation intéressante.

En prenant les choses autrement, on pouvait aussi tenter de brosser un premier portrait de l'assassin. L'individu (homme ou femme) avait prémédité son geste. Il connaissait très bien l'université et les horaires du personnel. Il avait assez de force pour transporter un corps de 60 kilos, ou alors il avait un complice. On pouvait a priori barrer le nom de Dolores. Mais il faudrait en savoir plus sur Barthélémy Dorange et Mademoiselle Cramouille. Pour l'heure, il n'y avait que deux mobiles convaincants : la vengeance (Mathurin) et l'intérêt professionnel (Cramouille). Gabacho donna un coup d'œil à sa montre et se frotta les mains. Il était temps d'aller à "La Java Bleue".

VII

— Voyez, mes amis, conclut Gabacho, vous avez devant vous un enquêteur bien embarrassé. Nous avons un cadavre, mais, par la sottise de la femme de ménage, tous les indices ont disparu. Nous avons, par ailleurs, un meurtrier à l'esprit tordu : il ne se contente pas d'étrangler, il lui faut aussi une mise en scène. Je retiens comme hypothèse qu'Alacoque n'a pas été tué dans son bureau. Il a donc fallu transporter le corps, pénétrer dans l'université, sans doute après 23 heures. Conclusion provisoire : le meurtrier était un homme fort, et il connaissait les lieux comme sa poche.

Blaustrumpf tournait sa cuillère dans sa tasse de café.

— Cherchez la femme, Gabacho, cherchez la femme ! Vous avez tort de croire qu'il s'agit d'un homme. Les femmes sont solides comme des vaches. On s'imagine qu'elles sont fragiles, mais ce sont de véritables Panzers. Elles nous enterreront tous ! D'ailleurs, même s'il s'agissait d'un homme, il conviendrait de chercher la femme. Depuis la nuit des temps, les fendues sont à l'origine de toutes les embrouilles. Dieu n'était pas au meilleur de sa forme quand il a décidé de donner une compagne à ce pauvre Adam.

— Un compagnon aurait mieux fait l'affaire, surenchérit Rachel, en remontant de l'index une des bretelles en soie de son débardeur. Mais Blaustrumpf a raison. Pensez à Violette Nozière, qui n'hésite pas à empoisonner ses parents avec des barbituriques, à Henriette Rainouard, qui assassine le directeur du *Figaro*, ou à Pauline Dubuisson, qui expédie son amant ad patres.

Gabacho sortit une fiche vierge de sa poche.

— Fort bien. Notre suspect est un homme ou une femme, nous voilà bien avancés ! C'est donc peut-être le mobile qu'il faut découvrir en priorité. Selon mon enquête, le crime profite d'abord et avant tout à Mademoiselle Cramouille, sur laquelle je sais encore trop peu de choses.

— Je puis, si vous le désirez, éclairer votre lanterne, murmura Bouchemaine.

Il fit signe à Marie-Suzanne de leur apporter une bouteille de cognac.

*

Ultime rejeton d'une vieille famille aristocrate du Poitou, Baptistine Cramouille de Perrichon-Blanzac passe son enfance à Saint-Clément-des-Baleines (Charente-Maritime). Elle décroche son baccalauréat à La Roche-sur-Yon puis effectue des études d'espagnol à Poitiers. Au bout de plusieurs années, elle soutient un mémoire de maîtrise sur le non-dit dans l'œuvre de Cervantès (1547-1616) et Pedro del Papu (1740-1835), deux écrivains que tout séparait. Après plusieurs échecs au capès et à l'agrégation d'espagnol, elle décide de se refaire une virginité en bhojpouri et s'installe dans la capitale du crachin. Elle est, pendant cinq ans, la seule étudiante du Professeur Alacoque. Et ce qui devait arriver arriva : elle tombe amoureuse du maître et le suit comme une ombre. Intelligent, trop intelligent, Alacoque était un naïf. Il croyait que, sous sa férule, les aveugles verraient, les sourds entendraient et les culs-de-jatte conquerraient l'Everest. Les graves insuffisances intellectuelles de sa protégée, dont il a chaque jour la preuve, sont pour lui péchés de jeunesse, simples incidents de parcours. Il ne doute pas qu'il parviendra à transformer la jachère en un champ de blé dont les riches épis viendront enrichir les vastes greniers de l'Alma Mater. Alacoque porte sa disciple à bout de bras, ce qui n'est pas un mince exploit, car elle fait à jeun plus de 85 kilos. Ainsi enrichie aux hormones, elle parvient à soutenir une thèse de doctorat sur les poètes bhojpouris de l'entre-deux-guerres, qui lui vaut la mention Passable à la majorité. Toujours cornacée par son maître, elle obtient quelques heures d'enseignement à Boris-Vian.

Et puis, du jour au lendemain, comme le jour succède à la nuit, Baptistine Cramouille change son fusil d'épaule. L'amour qu'elle porte en secret à son mentor se métamorphose en hostilité. Elle le croise dans les couloirs sans le saluer, change de trottoir quand elle l'aperçoit en ville, rédige des articles polémiques où elle met en cause les connaissances scientifiques de celui qui, tel le docteur Frankenstein, a réussi à lui insuffler la vie. Elle est alors de tous les colloques et de tous les congrès. Elle surfe sur l'internet avec l'énergie d'une baleine barbotant dans l'océan Atlantique. Chaque mois, elle publie un article anémique où elle appelle à la rescousse, pour masquer le vide de sa pensée, de grands noms comme Chomsky, Todorov, Derrida, Barthes et Genette.

Avec une centaine d'articles à son actif, elle estime bientôt que la chaire de bhojpouri est tenue par un imposteur. Bien qu'elle ne soit chargée que de quatre heures par semaine de travaux pratiques (niveau débutant), elle passe sa vie dans les couloirs, sait se rendre indispensable et, de ronds de jambes en sous-entendus, parvient à gagner quelques centimètres carrés de terrain. À cette guerre de position, Alacoque, d'abord surpris puis amusé, répond par le silence.

*

— C'est donc bien Cramouille la principale bénéficiaire du meurtre, s'exclama Gabacho. Alacoque disparu, elle va pouvoir poser sa candidature. Comme elle est la seule en France à pouvoir prendre la relève, l'affaire est dans le sac.

Bouchemaine hocha la tête.

— Pas si sûr. Tout le monde n'est pas aussi naïf qu'Alacoque. Malgré son poids et sa charretée d'articles, elle ne tiendra pas la route. Du reste, les hautes instances de l'université sont hostiles à l'enseignement du bhojpouri. J'ai bien peur que la mort de mon collègue ne sonne le glas définitif de cette petite section. Le poste de bhojpouri sera donc transféré, comme d'habitude, à la didactique ou à l'astrologie, qui ont le vent en poupe. Autrement dit, Cramouille pense qu'elle décrochera le poste, mais elle n'a aucune chance d'y parvenir.

— Peu importe, reprit Gabacho. Ce qui compte, c'est qu'elle avait un excellent mobile pour assassiner son Frankenstein. Il va falloir que je la rencontre sans tarder.

— Vous ne regretterez pas le déplacement, s'exclama Bouchemaine. Cette fille est un hôpital psychiatrique ambulant.

— Si tel est le cas, intervint Blaustrumpf, j'aimerais vous accompagner. Difficile ? Dommage… Reste que je ne comprends toujours pas où vous voulez en venir, Gabacho. Mathurin a avoué. Vous avez un coupable. À quoi bon poursuivre votre enquête ?

Le commissaire avala son cognac d'un trait.

— Je ne poursuis pas mon enquête, c'est elle qui me poursuit. Quelque chose me dit que tout ça ne colle pas. Une simple intuition, et j'ai pour principe de toujours suivre mes intuitions. Mais puisque nous parlons de vos collègues, mon cher Bouchemaine…

— De mes éminents collègues, dit le Professeur.

À l'université, un collègue est par définition éminent. Passé à la trappe, il devient émérite, ce qui est plus flatteur que le terme de retraité. C'est le mot qu'on employait à Rome pour un soldat au rancart : *emeritus miles* ! Permettez-moi, d'ailleurs, de vous rappeler que le mot *émérite* a la même racine que le sanskrit *smarati* et le grec *moira*…

— Tout cela nous éloigne beaucoup du meurtre d'Alacoque, maugréa Gabacho.

Le professeur de sanskrit eut un geste d'irritation. L'ignorance de ses semblables était une chose, qu'on pouvait à la rigueur excuser. Plus affligeant était leur manque total de curiosité intellectuelle. Or, pour Bouchemaine, l'étymologie était la clef de voûte de toute culture.

— Détrompez-vous, Commissaire, reprit-il. Nous ne nous éloignons pas du tout du sujet qui nous préoccupe. Moira, c'est le destin représenté par les trois filles de la nuit : celle qui file la trame des jours, celle qui les distribue aux humains et celle qui en tranche les fils avec sa paire de ciseaux. Eh oui, nous y voilà : il nous faut trouver la troisième fille de la nuit, celle qui a tranché le fil de la vie.

Gabacho ne put réprimer un sourire. Il aimait les belles mécaniques intellectuelles.

— À propos de destin, j'aimerais en savoir un peu plus sur celui de votre collègue Dorange. Un curieux bonhomme, ce me semble…

*

Le destin du pauvre Barthélémy Dorange était déjà inscrit dans son prénom. Écorché vif, il l'est en effet depuis son enfance. Orphelin de père et de mère, à l'âge de 10 ans, il est élevé à Saint-Brieuc par un vieil oncle curé. Enfance religieuse consacrée aux processions, aux pèlerinages, aux pardons, aux récitations du Saint Rosaire. À 21 ans, nanti d'une licence de lettres classiques, il entre au noviciat des barnabites. Il doit quitter les bons pères cinq ans plus tard quand ceux-ci, inquiets de son état de santé, réussissent à le persuader qu'il n'est pas fait pour les Ordres. Il abandonne alors la foi en Dieu pour la foi dans le Progrès. Mais il est plus facile de changer de croyance que d'habitudes. Devenu athée, Dorange n'en reste pas moins curé. Avec courage, il reprend ses études profanes avec la froide passion d'un brise-glace déchirant la banquise. Reçu dernier à l'agrégation de grammaire, il commence à préparer une thèse sur le trait d'union en français, qu'il abandonne vite pour se consacrer à sa nouvelle foi : la réforme de l'enseignement.

Mis à la disposition du ministère en 1968, il rédige les premières ébauches des réformes d'Edgar Faure. Olivier Guichard le nomme à son cabinet, mais Joseph Fontanet le boude, et Dorange se retrouve à Boris-Vian. La nomination de René Haby le remet en selle, et il traverse sans accrocs les pontificats de Beullac et de Savary. Finaud, Jean-Pierre Chevènement flaire en lui l'imposteur et le prie de boucler ses valises. L'université crée alors pour lui le service

Prospectives et Réformes, qui va permettre de créer des emplois : d'une secrétaire à mi-temps la première année, le service passe très vite à dix secrétaires, une documentaliste, une technicienne de surface, une archiviste, trois ouvriers et un ingénieur en informatique. L'avènement de René Monory au ministère réveille les ambitions parisiennes de Dorange, mais il fait chou blanc : en garagiste avisé, celui-ci préfère resserrer les boulons que de changer tout le bloc-moteur. Dorange range alors sa valise. C'est la fin d'une grande aventure. Il lui faudra désormais gérer les réformes des autres.

Pour autant, l'ancien novice des barnabites n'a pas oublié ses vœux. D'une chasteté à faire frémir une trappistine intégriste, il cloue au pilori, du haut de son quatorzième étage, tous ceux qui, dans les étages inférieurs, barbotent dans le tabac, le stupre et la fornication. Le vœu de pauvreté est également respecté : Dorange vit dans un modeste studio de la rue Géricault et circule à bicyclette. Puis il crée une association pour venir en aide aux pédagogues atteints d'un cancer. Il y a des années qu'il n'a plus le temps de lire des livres, mais chaque semaine sa boîte aux lettres regorge de revues : outre le *Bulletin officiel de l'Éducation nationale*, il reçoit *La Gazette médicale*, *The Lancet*, *Le Moniteur des pharmacies* et *Panorama du médecin*.

*

— …Bref, conclut Bouchemaine, Barthélémy est un saint. Il ne lit pas, il ne voyage pas, il ne s'intéresse pas aux biens de ce monde. C'est un ennemi juré du tabac et de l'alcool. Moyennant quoi, il coûte plus cher à la Sécurité sociale que tous ses collègues réunis.

— Aïe, aïe, aïe, gémit Blaustrumpf, n'en jetez plus ! Cet homme est un assassin en puissance. Il faut toujours se méfier des saints, des hypocondriaques et des ennemis du tabac. Surtout des ennemis du tabac, qui est excellent pour la santé mentale. Je ne répéterai jamais assez, mes amis, qu'Adolf Hitler avait la fumée du tabac en horreur. C'est un détail historique qui a son importance.

— Autrement dit, reprit Gabacho, Barthélémy Dorange doit être considéré comme suspect. Mobile éventuel : Alacoque représentait le mal absolu. Il enseignait une matière inutile. Il ne croyait pas au progrès. Il haïssait l'informatique et, pour faire bonne mesure, il fumait dans les couloirs.

— Tout cela est exact, intervint Rachel, mais je trouve que vous oubliez un peu vite que notre bel Alacoque était un habitué du "Bulgare". Pratiquant ou pas, peu importe ! Imaginez le scandale si le tout-crachin avait appris les mœurs du Professeur. L'homophobie a toujours pignon sur rue, ne l'oubliez pas ! Surtout à l'université, ce qui n'empêche pas tous ces rigolos d'évoquer en permanence Érasme, Shakespeare, Goethe et Cervantès. Ces gens ne sont pas à une contradiction près. Autrement dit, Alacoque a pu être victime d'un chantage, chantage qui aurait mal tourné. Cela s'est vu.

Un lourd train de marchandises s'engageait sur le pont Jules-Verne, ce qui servit de parenthèse à Gabacho. Rachel, après tout, n'avait pas tort. Il ne fallait pas négliger la piste bulgare. La France aimait à donner des leçons d'humanisme à la terre entière, mais la délation y était, depuis toujours, une des vertus nationales.

— D'autant, reprit Rachel, que notre ami Alacoque était un militant. Bon, j'ignorais son identité, mais il m'avait fait deux ou trois confidences. Il m'avait aidé à corriger les épreuves d'un numéro de *La Cheminote*, qu'il achetait à chaque parution. Et il m'avait dit qu'il écrivait pour *Le Petit Bardache Illustré*.

— Bardache, Bardache, dit Gabacho. Tout le monde me rebat les oreilles avec ce nom. N'était-ce pas un écrivain fasciste ? Maurice Bardache ou quelque chose comme ça ?

Bouchemaine se mit à ronronner.

— Je me flatte, mon cher Commissaire, d'être un des tout derniers Français à utiliser le mot *bardache*, mais je suis ravi d'apprendre l'existence de cette revue. C'était un des mots préférés de Flaubert. Il nous vient d'Iran, où il voulait dire un esclave. Puis il a donné *bardussa* en italien et *bardache* en français. Disons, pour simplifier, qu'il signifie éphèbe ou jouvenceau.

Rachel regarda sa montre.

— À propos de bardaches, il faut que j'aille retrouver les miens. Le "Bulgare" ouvre dans dix minutes.

Il se leva, serra la main de ses amis et disparut dans une pirouette. Il était 22 h 50, et le docteur Surin venait de débarquer à Roissy.

VIII

Et une nouvelle journée de pluie se leva sur la ville. Les lève-tôt et les couche-tard découvraient avec horreur les détails du meurtre dans *La Gazette*. À la morgue, Norbert Alacoque dormait toujours du sommeil du juste. Après une tasse de mauvais café, accompagnée d'une tartine de pain rassis, Mathurin Régnier était conduit à la maison d'arrêt où il serait mis en détention provisoire. Bravant les ondées, Blaustrumpf faisait son jogging matinal, tandis que Gabacho s'épilait dans sa salle de bains. Marie-Suzanne était aux halles pour y acheter ses choux et les gousses d'ail que Parkinson ne manquerait pas de lui réclamer. Bouchemaine signait des chèques et, lové contre son polochon, Rachel rêvait qu'il était sur une plage du Péloponnèse en compagnie de quelque galant ganymède.

Sur le campus, des étudiants dressaient un chapiteau de toile. Transformé en quartier général, il abriterait une cellule de crise, animée par un barbu de 52 ans qui, depuis des années, tentait de décrocher un deug d'astrologie. Les plus folles rumeurs couraient. Certains informateurs prétendaient que le système informatique ayant implosé, l'université était dans l'incapacité de retrouver toutes les notes. Et il est vrai que, ayant une confiance aveugle dans la machine, la plupart des professeurs avaient jeté leurs carnets au vide-ordures. D'autres avaient mis la clef sous le paillasson. Ils étaient déjà à Manille ou à Rio de Janeiro. Ils seraient injoignables avant la fin de l'été. Du coup, la session d'examen risquait d'être annulée par le ministère.

Dans le bâtiment Pierre-de-Coubertin, le président Henry faisait de nouveau le point avec ses conseillers, mais aucun élément nouveau n'était intervenu : le virus résistait. Seul, peut-être, l'arrivée du SAMU japonais, prévue le soir même par le vol d'Air France Tokyo-Paris, permettrait de trouver une solution. Dans le cas contraire, il ne resterait plus au président qu'à présenter sa démission, car procéder à une nouvelle collecte des notes était, dans la pratique, impossible. On peut, en quelques heures, réquisitionner l'Armée rouge et faire passer les retardataires en Conseil de guerre. Mais le monde universitaire échappe à de telles contraintes. En cette fin de juin, des dizaines de professeurs faisaient partie des jurys du capès et de l'agrégation, aux quatre coins de la France, et il était impossible de les en soustraire. D'autres commençaient un congé sabbatique. D'autres encore étaient en mission officielle aux îles Aléoutiennes ou en Terre de Feu. Sans compter ceux dont on ne savait jamais où ils étaient, puisqu'ils vivaient dans le TGV et se cachaient sur la liste rouge.

Toute la matinée, Gabacho fit le pied de grue dans

la salle des pas perdus de l'hôpital. Comme prévu, le docteur Surin était arrivé à 9 h 30 et était aussitôt descendu à la morgue. Le temps était révolu où policiers et journalistes assistaient à l'autopsie. On laissait ce travail aux praticiens en blouse blanche, qui officiaient dans les profondeurs glacées de l'hôpital et une virile atmosphère de salle de garde.

À midi précise, Surin émergea des profondeurs. C'était un bon vivant de l'ancienne école qui, depuis longtemps, n'avait plus le moindre état d'âme. Sa spécialité, c'était la viande froide qui, du reste, le mettait en appétit et faisait de lui une des plus redoutables fourchettes de la ville. Dans son domaine, les urgences pouvaient toujours attendre. Même avec trois grammes d'alcool dans le sang, il ne risquait pas de faire une erreur fatale. Un cadavre est un cadavre, qui ne se plaint jamais au conseil de l'Ordre.

— Ah, mon cher Gabacho, ravi de vous revoir. Figurez-vous que j'ai une faim de loup ! Ça vous dérangerait de m'accompagner à la cafétéria ? Les plateaux-repas de la Lufthansa sont un peu maigrichons pour mon goût.

Il choisit des œufs mayonnaise, une salade composée, un steak tartare, une choucroute, du fromage de chèvre et une tarte aux abricots, puis il s'offrit une bouteille de clos-de-bèze bien chambrée. Gabacho se contenta d'un jambon frites et d'un saint-amour.

— Et cette autopsie, Docteur ?

Surin arrêta sa fourchette.

— Ah, de grâce, Commissaire, ne me parlez pas

d'autopsie. J'ai besoin d'une récréation, comme tout le monde. Je ne veux pas déguster un steak tartare en discutant bidoche et viscères. Vous connaissez Bangkok ? Un petit paradis, je vous assure, un petit paradis, avec des créatures de rêve en veux-tu en-voilà. J'y passerai six mois par an quand je serai en retraite, ça me changera de la viande avariée.

Il se servit une rasade de vin avant de poursuivre.

— D'autant que la France devient un pays de rabat-joie. Tout y est interdit. Encore un petit effort, et les honnêtes gens seront mis au trou pour avoir grillé une cigarette. Il paraît que la fumée est une gêne. Et alors ? La bêtise de mes contemporains est aussi une gêne. Elle fait, croyez-moi, plus de dégâts que le tabac. Ne parlons pas des tue-mouches dont il faut supporter les odeurs dans les transports en commun, des téléphones portables qui nous empêchent de lire, des haleines fétides, des rouges à lèvres et des cheveux gras ! Mais enfin, c'est ainsi. Depuis Marthe Richard, tout s'est dégradé en France. À croire que les lois sont faites par des croque-morts ou des bonnes sœurs. Pour moi qui passe une partie de mon temps à la morgue, la vie doit être dégustée à pleines dents. Puisque nous ne faisons que passer, autant en profiter. Ah, Commissaire, je hais cette civilisation de pleurnichards. Les Grecs et les Romains, eux, savaient vivre !

Il planta sa fourchette dans la choucroute avec un ronronnement de plaisir.

— Bon, je sais que je vous fais languir. Allons, je

ne vais pas vous laisser ronger votre frein plus longtemps. Mon rapport, d'ailleurs, sera très bref. Premier point : Alacoque est bien mort.

Il éclata d'un grand rire et se servit un nouveau verre de vin.

— Deuxième point : la mort remonte au dimanche matin. Aucun doute là dessus. Je vous fais grâce des détails techniques, vous les trouverez dans mon rapport. Troisième point : Alacoque a été étranglé. Quatrième point : il a bien été violé.

— Violé ? Que me dites-vous là, Docteur ?

— Eh bien oui, violé. Ce sont des choses qui arrivent. Bon, c'est vrai, Alacoque n'était plus très jeune mais, croyez-moi, il avait de fort beaux restes. Très musclé pour un homme de son âge. Les poumons rongés par le tabac mais, voyez, ça n'est pas de cela qu'il est mort ! Enfin, tous les goûts sont dans la nature. Mais qu'avez-vous, Commissaire, vous me paraissez sceptique ?

— Non, je suis atterré.

— Par exemple, vous en verrez bien d'autres ! Ce qu'il y a de plaisant dans la nature humaine, c'est qu'elle ne cesse jamais de surprendre. Si je vous disais… mais non, je ne vous dirai pas. Ça vous couperait le peu d'appétit que vous avez. Bien entendu, j'ai fait un prélèvement de sperme, ce qui nous permettra de découvrir l'ADN du criminel, mais pas le meurtrier. Ça, c'est une autre paire de manche ! Les tissus n'ont pas souffert. Un viol sans violence, si vous voyez ce que je veux dire.

— Donc peut-être pas un viol ?

— Il est possible, en effet, que le sieur Alacoque était consentant, mais, comme il a été étranglé, il est difficile de ne pas parler de viol. Un détraqué sans aucun doute. Il faudra en parler à un psychiatre.

— Cela veut donc dire que le concierge est innocent. Il a pourtant avoué.

— Pas étonnant. La police ferait parler un muet de naissance. Allons, Commissaire, remettez-vous ! Mais, au fait, pourquoi votre suspect n'aurait-il pas violé Alacoque ?

— Il a été châtré à la suite d'un incident en Algérie… Mais peut-être avait-il un complice. Excusez-moi, Docteur, il faut que j'aille tout de suite interroger cet homme. Faites-moi parvenir votre rapport complet dès que vous pourrez.

Surin leva sa fourchette.

— Eh là, rien ne presse ! Je vais d'abord aller piquer un somme dans mon hamac. Bon, d'accord, je vous envoie ma prose en fin d'après-midi. Et n'hésitez pas à me téléphoner si certains mots vous paraissent trop techniques. C'est la loi du genre.

*

La maison d'arrêt avait été construite à la périphérie de la ville, dans un environnement convivial imaginé par de fins humanistes. Les fenêtres des cellules, agrémentées de géraniums, donnaient sur un parc fleuri. Un kiosque avait été dressé à proximité, ce qui permettait aux détenus d'entendre, tous les samedis soirs, un concert de musique classique. À l'intérieur de la prison, une galerie de peintures permettait à ces hommes de contempler des paysages enchanteurs et des visages de Madone. Tous les murs étaient peints en bleu clair, et la moquette était en vert, couleur de l'espérance. Tassé dans un fauteuil de cuir rouge, Gabacho fumait une cigarette en attendant l'arrivée de Régnier, mais ce fut le directeur de la maison d'arrêt qui pénétra dans la pièce.

— Ah, Commissaire, quelle épouvantable affaire !

— Oui, Monsieur le Directeur, mais l'enquête progresse. Vous avez fait chercher Régnier ?

Le fonctionnaire parut surpris.

— Comment ? Vous n'êtes pas au courant ? Je vous ai fait prévenir au commissariat. Régnier s'est suicidé. Nous avons eu plusieurs arrivages dans la matinée. De dangereux terroristes qui, du reste, seront libérés dans les mois qui viennent. Raison d'État oblige. Bref, nous avons dû renforcer la sécurité à l'étage, et cela au détriment du menu fretin, au rez-de-chaussée. Régnier en a profité pour se pendre. Le corps est déjà à la morgue. Mais, attendez, il a laissé une lettre pour vous…

Il sortit une enveloppe de sa poche.

*

"Commissaire,

Je ne suis pas coupable. Si j'avais voulu me venger

d'Alacoque, je l'aurais châtré au rasoir. De toute façon, peu importe. La vie n'a plus de sens. Mais je n'ai pas quitté ma loge le soir du drame. Je me suis enivré, c'est vrai, car c'était mon anniversaire. Mon dernier anniversaire. Le président m'avait offert quelques bouteilles pour fêter ça..."

Son anniversaire ? Gabacho s'en voulut de n'avoir pas remarqué ce détail. Ses fiches, pourtant, indiquaient bien que Régnier était né un 21 juin, premier jour de l'été. Mais pourquoi donc le président Henry ne lui avait-il pas parlé de ces bouteilles d'anniversaire ? Allons, il était nécessaire de tout reprendre à zéro. Gabacho serra la main du directeur et quitta la prison. Il prit le chemin de "La Java Bleue". Surin avait raison, après tout : les morts n'étaient jamais pressés. Ils pouvaient attendre.

*

Au restaurant, la clientèle se faisait plus rare au fur et à mesure qu'on approchait de la fin du mois. Seul Pige-que-Couic était déjà au garde-à-vous devant son verre de "ducru-beaucaillou". À ses côtés, son ennemi intime, Parkinson, docteur es lettres pour une thèse d'État sur Théodore de Bèze, sirotait un diabolo menthe en relisant *L'archange aux pieds fourchus* de Matzneff, qui avait illuminé une des plus sombres périodes de sa vie, quand il avait dû passer deux ans aux Baumettes pour une plaisante histoire de mœurs. Mis au courant des événements par Pige-que-Couic, Parkinson attendait Gabacho pour ajouter son grain de sel. Par ses lectures et son expérience de la taule, il se flattait d'avoir une haute connaissance de la nature humaine.

— Ah, Commissaire, je vous attendais comme un berger attend l'aurore.

Le taulard émérite serra la main du policier avec chaleur. L'amitié entre les deux hommes aurait pu surprendre les tenants officiels de la morale, mais Gabacho était allergique aux étiquettes. Parkinson, après tout, était d'abord et avant tout un littéraire, pas un surineur de grands-mères ou un violeur de lolitas.

— J'ai beaucoup réfléchi, Commissaire. Les assassins, je les ai bien connus aux Baumettes. Il y a deux sortes de tueurs : les bas de plafond, faciles à repérer, et les archanges aux pieds fourchus, ceux à qui on aurait donné le bon Dieu sans confession... Il paraît que le concierge a avoué ? La belle affaire !

Gabacho secoua la tête.

— Il s'est rétracté, dans tous les sens du mot. À vrai dire, il s'est pendu après avoir écrit une lettre où il disait avoir menti.

Parkinson était aux anges.

— Vous voyez, j'avais raison. Un ancien d'Algérie qui trucide un prof de fac, ça n'était pas très sérieux. Il faut donc chercher ailleurs, du côté des archanges. Selon moi, le crime est signé. Au lieu de fouiner dans les poubelles, fouillez dans les salons. C'est un crime de nantis, de gens haut placés qui avaient des raisons de craindre ce pauvre Alacoque.

Le commissaire s'était assis près de Parkinson. Il alluma une cigarette et en tira une première bouffée, la meilleure. Au fait, Mathurin Régnier fumait-il ? Oui, il se souvenait lui avoir offert une gitane lors du premier interrogatoire. Il y avait fort à parier, en revanche, que Baptistine Cramouille de Perrichon-Blanzac était, elle aussi, allergique au tabac, comme Dorange. Pedro del Papu n'avait-il pas écrit quelque chose là-dessus ? Gabacho ne retrouva plus la citation.

— Vous avez sans doute raison, Parkinson. Mais comment donc Alacoque aurait-il pu faire peur à quelqu'un ?

— Allons, Commissaire, vous n'avez pas prêté attention à ce que disait hier l'adjudant-chef ? Il nous a dit que le sieur Alacoque était un génie du renseignement. Bien sûr, il a préféré les langues au contre-espionnage et l'université à l'armée, ce que je comprends très bien. Mais qui a bu boira ! Le Professeur avait découvert quelque chose. Il avait aperçu des pieds fourchus. Et, dès lors, son assassin n'avait pas le choix.

— Cet assassin était aussi un violeur, Parkinson. Il faut onduler de la toiture pour violer quelqu'un.

Parkinson était surpris.

— Viol, vous dites qu'il y a eu viol ?

— Il y a eu rapport sexuel, en tout cas, sans l'ombre d'un doute.

L'ancien taulard n'était pas convaincu.

— J'avoue que je ne comprends plus. Les violeurs

sont toujours des branquignols, alors que ce meurtre me semblait signé par un fort en thème. Il y a quelque chose qui m'échappe. N'empêche, Commissaire, rappelons-nous le mot de Pedro del Papu : “Les choses sont rarement ce qu'elles paraissent être”.

Un lourd chargement d'artichauts, destinés à la décharge, passa sur le pont Jules-Verne. Ahmed avait allumé la télévision pour avoir la météo. Une nouvelle perturbation était annoncée.

IX

Il fallait donc, en effet, tout reprendre à zéro et interroger ceux qui connaissaient le Professeur Alacoque. Il ne servait à rien de chercher un meurtrier aussi subtil sans avoir établi, au préalable, un portrait de la victime. Reprenant son bâton de pèlerin, Gabacho irait voir Baptistine Cramouille, puis la veuve endeuillée. Il retournerait poser de nouvelles questions au président Henry et à sa prolifique épouse. Peut-être irait-il s'encanailler au “Bulgare”, puisque c'était là que le professeur de bhojpouri avait pignon sur rue. Il n'était pas impossible, après tout, que Norbert Alacoque eût fait certaines confidences à quelque minet en goguette. Gabacho reprit sa liste des suspects. Il raya le nom de Mathurin Régnier. Allons, un de moins : les rangs s'éclaircissaient. Il s'apprêtait à téléphoner à Blaustrumpf, quand Futagokoro pénétra dans le bureau et s'effondra sur une chaise.

— Navré d'avoir joué les filles de l'air, Commissaire. Mais cette histoire d'informatique m'accapare. En pure perte, j'en conviens. Toutes les données informatiques ont été sabotées, ça, au moins, c'est une certitude. Nous attendons l'arrivée des deux experts japonais. C'est notre dernier espoir.

Le policier mit son stagiaire au courant des derniers développements. Et puisque celui-ci s'incrustait à l'université, autant faire d'une pierre deux coups : éloigner Futagokoro et lui confier une mission délicate.

— Voilà, Gokoro, je vous serais reconnaissant d'observer le comportement du président. Notez tout ce que vous pourrez apprendre sur lui et sa famille. Ses habitudes de langage, ses tics, ses marottes, ses jurons, ses pets, ses métaphores. Laissez traîner vos oreilles dans les couloirs, rôdez dans les secrétariats, examinez les graffiti sur les murs des toilettes. Et essayez d'en savoir plus sur la vie du président. Son enfance. Ses premières amours. Ses jobs d'été. Dégotez-moi la liste complète de ses diplômes. Je veux le sujet de sa thèse de doctorat. Vaccins. Groupe sanguin. Idées politiques et religieuses. Trouvez-moi ce qui le motive : l'argent, le pouvoir, le sexe, les honneurs ? Eh oui, Gokoro, plus ça va et moins je le sens, ce président. Parkinson a peut-être raison : il faut fouiller dans les salons, pas dans les caves. La mort d'Alacoque n'a pas eu l'air de le perturber beaucoup. On pourrait donc en conclure qu'il n'a pas de cœur. Mais, dans le même temps, ce porteur de bacchantes n'oublie pas l'anniversaire du concierge et lui offre des bouteilles de vin. Pas *une* bouteille, des bouteilles ! Autant offrir dix kilos d'héroïne à un drogué. Le résultat, d'ailleurs, ne s'est pas fait attendre.

Le Nippo-Français referma son carnet.

— Le président m'a fait une excellente impression, Commissaire. Il est très compétent en informatique.

Gabacho éclata d'un grand rire.

— Très compétent, c'est la meilleure ! Très incompétent, voulez-vous dire. C'est quand même sous son pontificat que l'université s'est dotée d'un système informatique vasouillard.

— Détrompez-vous. Les Michoumishi 42 sont les meilleurs ordinateurs du monde. Si le système est grippé, le président n'y est pour rien.

Le commissaire répondit en levant un index accusateur.

— Débarrassez-vous de ce préjugé favorable, Gokoro, sinon vous allez passer à côté de l'essentiel. Faites-vous l'avocat du diable, considérez ce président comme un meurtrier, capable de frapper encore ce soir, demain ou après-demain. Imaginez-le en serial killer, en violeur de grand chemin, en étrangleur de mémés. Et tant que vous y êtes, faites la même chose pour l'agonisant du quatorzième étage, le préposé aux réformes. Il pue la mort, celui-là. Un ancien barnabite, pour tout arranger.

— Un barna quoi ?

— Un barnabite. Votre culture générale me paraît bien sommaire. Pas étonnant puisque vous passez votre vie sur internet, la providence des analphabètes. Si vous lisiez un peu plus, au lieu de pianoter comme un damné, vous sauriez que les barnabites sont des religieux. Bouchemaine m'a même expliqué, l'autre jour, que leur nom vient de l'église Saint-Barnabé de Milan. Bref, je veux également tout savoir sur ce défroqué, qui ne jure plus que par les tiques. C'est peut-être un fou dangereux. D'ailleurs, il est célibataire. Il faut toujours se méfier des célibataires. Ces gens cachent quelque chose. Edgar Hoover était célibataire, et il été pendant cinquante ans l'homme le plus puissant et le plus pourri des États-Unis. Hitler aussi était célibataire, et il ne s'est marié que quand il avait un pied dans la tombe. Notez, par parenthèse, que toute la morale sexuelle, depuis 2000 ans, a été conçue par des célibataires. À qui doit-on le code Napoléon ? À Cambacérès ! Il est vrai que son célibat était très sélectif… Résumons-nous. Vous avez 24 heures pour tout m'apprendre sur le président Henry, sa femme et Barthélémy Dorange. Allez, Gokoro, je vous souhaite bonne chance !

*

Futagokoro parti, Gabacho décrocha son téléphone et appela Blaustrumpf dans son cabinet. Il avait besoin de ses services. À l'évidence, une des personnes à avoir bien connu Alacoque en ses vertes années était le général Lafleur. Le commissaire souhaitait le rencontrer. Pas facile dans l'immédiat, puisque l'ancien officier vivait coupé du monde, sur ses terres lointaines de Kerlivit. Mais Blaustrumpf était l'ami de François Mitterrand, auquel il venait de rendre un singulier service (1). Il serait facile de décider l'Élysée à affréter, toutes affaires cessantes, un hélicoptère de la Navale qui irait cueillir le général et le déposerait dans la capitale du crachin.

Ensuite, Gabacho fit venir un de ses adjoints, celui qu'il appelait Oulan-Bator, par référence à la capitale de la Mongolie.

— J'ai une mission pour vous, Oulan-Bator.

Le visage du sous-verge s'illumina.

— Une très agréable mission, puisque c'est à Paris que je vous envoie. Mais une mission délicate que je ne peux confier qu'à un homme de votre intelligence.

L'adjoint était aux anges. Il était facile de lui faire prendre des vessies pour des lanternes et de l'eau de bidet pour du Contrexéville.

— Voilà, poursuivit Gabacho. Vous allez vous rendre à Paris, rue Fontvieille-du-Temple, dans le Marais. Vous vous rendrez à la rédaction du *Petit Bardache Illustré*. Je veux tout savoir sur les liens entre cette revue et le Professeur Alacoque. Apparemment, c'était un collaborateur de ce journal. D'ailleurs, j'ai appris qu'il écrivait aussi pour la revue *Dost*, publiée à Bombay. Si j'avais su, j'en aurais profité l'autre jour pour me renseigner.

Oulan-Bator trépignait sur son siège.

— Je peux aussi aller à Bombay, Commissaire.

— Ne rêvez pas. Contentez-vous du Marais pour l'instant. Vous avez un T.G.V. dans une heure.

(1) Voir *Les Castrats de Bombay*, chez le même éditeur.

Mettez-vous en civil et filez ! En seconde classe, évidemment. Exécution !

L'homme des steppes s'éloigna. Gabacho se servit un verre de gin et alluma une cigarette. Il avait besoin d'un remontant - un coup de levier, comme disent les bûcherons -, avant d'affronter Baptistine Cramouille de Perrichon-Blanzac.

*

La spécialiste de bhojpouri habitait avenue du Maréchal-Lyautey, dans le quartier bourgeois de la ville. Par son père rentier, elle appartenait à une famille d'armateurs vendéens qui s'étaient enrichis au XVIIIe siècle dans la traite des noirs. Le bois d'ébène était une marchandise fort lucrative. En témoignaient encore le château familial des Perrichon-Blanzac, à quelques lieues de La Roche-sur-Yon, le superbe immeuble quai de la Fosse à Nantes, la mine de nickel à Nouméa, à quoi s'ajoutaient des actions dans le caoutchouc, lesquelles ne cessaient de grimper, et deux juteuses pensions de famille à Lourdes. Enfant unique, Mademoiselle Cramouille était entretenue par son père, qui lui adressait chaque mois, avec une régularité de métronome, un chèque bien supérieur aux émoluments d'un universitaire en fin de carrière. "Pour tes menus frais, ma chérie", écrivait-il à chaque fois au dos du chèque.

Avec Baptistine Cramouille, il n'y avait pas de menus frais. Pour entretenir ses 85 kilos, il fallait déjà vider chaque jour un plein frigidaire. L'hôtel particulier où elle vivait, une laideur néo-gothique, était en location, mais il lui en coûtait 10 000 francs par mois. L'intérieur du castel était meublé avec ostentation, car Baptistine n'achetait que ce qui était cher. Bien connue des antiquaires de la région, qui lui refilaient à bon prix leurs rossignols invendables, elle avait accumulé, au fil des ans, un bric-à-brac qui évoquait la demeure de Pierre-Loti, avec le génie en moins. Elle possédait des centaines de livres reliés en pleine peau. “C'est la bibliothèque de quelqu'un qui ne lit pas”, avait ironisé Bouchemaine.

Baptistine Cramouille lisait beaucoup, au contraire, mais elle lisait sur son ordinateur les messages que lui envoyaient ses lointains correspondants. Il lui arrivait aussi de feuilleter, sans les comprendre, de savants ouvrages critiques, qu'elle paraphrasait à contresens dans ses longs articles, où elle s'évertuait à utiliser des mots dont le sens n'était connu que par un club très privé d'initiés triés sur le volet. La lourdeur cétacéenne de sa prose était, par là même, très appréciée des intellectuels. La presse locale lui avait consacré quelques interviews, et la télévision l'avait invitée à parler de l'Inde, pays où elle avait passé une semaine, dans un hôtel à cinq étoiles. Bouchemaine, qui connaissait l'Inde comme sa poche, s'était payé une pinte de bon sang quand il avait assisté, sur l'écran de “La Java Bleue”, à la prestation télévisée de sa brillantissime collègue.

*

Gabacho avait beau être prévenu, il eut un moment de recul quand Baptistine vint lui ouvrir la porte. La femme ressemblait à un lit clos breton, impression que rehaussaient les cannelures à dentelles qui lui recouvraient la poitrine en forme d'arcs-boutants. Une jupe anthracite lui recouvrait le bas du corps. Surmonté d'une abondante chevelure rousse qui, par vagues successives, dégringolait jusqu'à la chute des reins, le visage avait la beauté hiératique d'une momie égyptienne tétanisée par vingt siècles de réflexion solitaire. L'épaisseur de ses verres de lunettes empêchait de connaître la couleur de ses yeux, mais un rouge agressif ourlait ses lèvres et lui donnait un air de tenancière de bordel andalou.

Surmontant le choc, Gabacho se présenta. D'une voix de général de cavalerie, elle le pria d'entrer.

— Je vous attendais, Commissaire.

Elle le fit asseoir dans un fauteuil Louis-Philippe, recouvert de cretonne rose. Elle-même se déploya sur un banc en chêne massif.

— Vous m'attendiez, Madame ?

— Mademoiselle, si vous le permettez… Oui, je vous attendais, car je savais bien que la police voudrait me voir au sujet du Professeur Alacoque.

Elle prit un mouchoir éponge et essuya une larme si discrète que Gabacho ne put en percevoir l'éclat.

— Le Professeur Alacoque était mon maître, Commissaire. Il m'avait tout appris. Sa mort m'a bouleversée. Quelle perte pour la communauté scientifique !

Pour se donner une contenance, Gabacho sortit son carnet.

— Sans doute, sans doute, Mademoiselle, mais je me suis laissé dire que vous aviez eu quelques différends avec lui.

Gênée, Baptistine essaya de changer de posture. Un craquement soudain fit croire que le banc était sur le point de céder, mais le chêne résista.

— Nous avions, ce qui est normal entre scientifiques de haut niveau, quelques divergences de point de vue. Il faut vous dire que mon maître était de la vieille école. Il n'avait pas su s'adapter. Si je vous disais qu'il continuait à écrire ses articles sur une vieille Underwood !… Un peu comme si vous utilisiez une arbalète.

— On peut faire mouche avec une arbalète, Mademoiselle, et rater sa cible avec un 22 Long Rifle. Mieux vaut un chef-d'œuvre écrit à la main qu'un navet engendré sur un ordinateur. Jusqu'à preuve du contraire, tous les chefs-d'œuvre ont été écrits à la main. L'informatique, pas plus que l'imprimerie, n'a jamais rendu quelqu'un intelligent…

Gabacho s'échauffait, mais Baptistine Cramouille n'avait pas entendu.

— Il arrive un moment où les meilleurs ont fait leur temps, Commissaire. Le Professeur Alacoque était une référence il y a dix ans, quand il a publié, en collaboration avec le Professeur Ring d'Oxford, sa grande grammaire de bhojpouri. La grammaire Alacoque-Ring se trouve dans toutes les bibliothèques universitaires du monde. Mais il avait perdu la main. Il ne publiait presque plus. Un article par an, tout au plus. Il boudait les colloques.

— Cela n'explique pas pourquoi il a été assassiné, et même sauvagement assassiné, comme dit la presse.

— Sans doute un rôdeur, Commissaire. La ville est pleine de clochards, de mendigots et d'étrangers. Non que je sois raciste ! Les Perrichon-Blanzac ont toujours été à l'écoute du tiers-monde, rassurez-vous.

Gabacho l'interrompit d'un signe de la main.

— Laissons de côté les débats d'idées, et revenons au bhojpouri. Si j'ai bien compris, vous êtes désormais la seule spécialiste de cette langue.

Baptistine se poussa du col.

— La seule, en effet.

— Tout semble donc indiquer que vous serez nommée maître de conférences au prochain mouvement.

L'intellectuelle poussa un soupir.

— Ça ne serait que justice, Commissaire. J'ai un doctorat à mon actif, plus 108 articles. Mais, hélas, rien n'est moins sûr. Le Professeur Alacoque, je vous l'ai dit, était un grand savant, mais il refusait de s'adapter. Du coup, la section de bhojpouri est dans le collimateur du Conseil scientifique. Dorange, en particulier, fait tout pour nous mettre des bâtons dans les roues, et le président lui-même n'est pas très chaud. Si l'enseignement de bhojpouri est supprimé, je me retrouve au chômage. Pire : au chômage sans indemnités, puisque je ne suis que vacataire.

Feignant de consulter ses notes, Gabacho posa sa dernière question.

— Des rumeurs, sans doute non fondées, laissent entendre que vous avez eu… comment dire ? une relation plus personnelle avec le Professeur Alacoque.

Baptistine Cramouille se leva d'un bond, comme une baleine émergeant des profondeurs marines.

— Une relation personnelle ? Que voulez-vous insinuer, Commissaire ? Alacoque était le maître, j'étais le disciple. J'ajoute qu'il était marié. Il n'est pas dans les habitudes d'une Vendéenne de briser les couples que Dieu a unis.

— Vous connaissez Madame Alacoque ?

— Madeleine ? Une femme charmante. Je l'ai rencontrée deux ou trois fois à l'ouvroir de la paroisse. Une femme délaissée, d'ailleurs. À part les langues, Alacoque ne s'intéressait à rien.

Gabacho se leva.

— Vous me permettrez d'en douter, Mademoiselle. Merci, en tout cas, d'avoir répondu à mes questions… Au fait, que faisiez-vous dimanche soir ?

— Dimanche soir ? Mais comme tout le monde. J'étais au concert à la cathédrale. Le “Requiem” de Mozart, donné par l'orchestre universitaire. Mais pourquoi donc ?…

— Simple routine, Mademoiselle, simple routine.

Il ouvrit la porte, remonta le col de son imperméable et courut vers sa voiture. Il lui tardait de savoir si Blaustrumpf avait pu contacter Mitterrand.

X

Le président de la République avait fait diligence, et le général Lafleur n'eut d'autre choix que d'accepter, bon gré mal gré, la promenade en hélicoptère qu'on lui proposait. Son arrivée à la caserne Saint-Amant était annoncée pour 19 heures. L'adjudant-chef Pige-que-Couic fut invité par ses supérieurs à attendre le commissaire Gabacho à l'entrée de l'enclave militaire, côté boulevard de Mytilène, à deux pas du pont Jules-Verne. Ce qui laissait au policier le temps de demander une nouvelle audience au président Henry. Celui-ci accepta de le recevoir entre deux rendez-vous.

À l'université, l'effervescence était loin d'être retombée. La cellule de crise estudiantine venait de recevoir le soutien officiel de l'archevêché, qui dépêcha sur le champ le chanoine Bouillon, préposé aux situations délicates. Le vénérable septuagénaire fut reçu sur le campus au milieu des acclamations. Quelques athées notoires exprimèrent des réserves de principe, mais chacun se plut à louer la courageuse ouverture de l'Église de France sur le monde difficile des forçats de l'intellect. De leur côté, les syndicats de professeurs cherchaient à ménager la chèvre et le chou. Il leur était impossible de critiquer un système qu'ils avaient, en grande partie, contribué à élaborer. Pour autant, il était aussi hors de question de refuser aux étudiants une pleine solidarité sur le fond. Ils confièrent à un spécialiste de stylistique le soin de rédiger un communiqué qui flatterait les uns sans s'aliéner la sympathie des autres.

Le président Henry reçut le commissaire avec sa jovialité habituelle. Les événements, à l'évidence, n'avaient eu aucune prise sur son optimisme naturel, qui trouvait ses racines dans ses origines américaines.

— Ah, mon cher Commissaire, permettez-moi tout d'abord de vous remercier pour votre collaboration indirecte. Futagokoro nous a été d'un précieux secours, et c'est lui qui, en japonais, a téléphoné au siège de la société Michoumishi à Tokyo.

Il consulta sa montre.

— À l'heure qu'il est, l'avion d'Air France ne va pas tarder à atterrir à Roissy. Les experts seront donc à pied d'œuvre demain matin… Mais vous venez sans doute me parler du pauvre Mathurin ? Son suicide m'a bouleversé. J'avoue ne plus savoir où donner de la tête. Un virus informatique, un meurtre, un suicide. Il y a des semaines comme ça, j'imagine.

— Vous connaissiez bien Mathurin Régnier, Monsieur le président ? Sur le plan personnel, je veux dire.

Henry sembla réfléchir.

— Oui, bien sûr. C'était un très brave homme. Il buvait trop, certes, mais jamais pendant son service.

— Est-il exact que vous lui ayez offert des bouteilles de vin pour son anniversaire ?

L'universitaire marqua un nouveau moment d'hésitation.

— Ne remuez pas le fer dans la plaie, Commissaire. J'ai eu tort et je m'en mords les doigts. Mais Mathurin gardait mes chats quand je partais en vacances avec ma famille. J'essaie d'être proche de mon personnel.

Gabacho feignit de consulter ses notes.

— Vous étiez absent dimanche soir, je crois ?

— En effet. J'étais allé au concert à la cathédrale Saint-Émilion. Le "Requiem" de Mozart.

— Comme Mademoiselle Cramouille.

— C'est possible. Il y avait beaucoup de monde. La ville est très portée sur les Requiems.

— Et en rentrant chez vous, vous êtes repassé sur le campus.

Le président acquiesça. Il expliqua que sa villa, impasse Jacques-Chazot, se trouvait à deux cents mètres de son lieu de travail. De retour du concert, aux environs de 22 h 30, il s'était souvenu avoir omis d'apporter ses bouteilles au concierge. Il était repassé les prendre à son domicile.

— Vous êtes donc arrivé ici vers 23 heures. C'est d'ailleurs ce que Dorange m'a déclaré. Il vous a aperçu alors qu'il quittait les lieux.

David Henry eut un geste d'étonnement.

— Il était donc là ce soir-là ? Je m'en étonne, puisque c'était un dimanche. Il est vrai qu'il lui arrive, en cas de coup de feu, de travailler ici pendant le week-end. Les réformes n'attendent pas. En tout cas, moi, je ne l'ai pas vu. Seul Mathurin, hélas, aurait pu nous confirmer cela. Dorange a pu se tromper de jour. Question horaires, c'est une horloge suisse, mais, à force de vivre dans le XXIe siècle, il perd souvent la notion du calendrier.

— Je n'ai pas très bien compris quelle était la spécialité de Barthélémy Dorange.

Le président éclata de rire.

— La didactique ou, si vous préférez, la pédagogie. Un peu cocasse, me direz-vous, puisqu'il n'enseigne pas, mais c'est ainsi. Après tout, les cancérologues ont rarement une expérience personnelle du cancer, et les spécialistes des couples sont toujours des ecclésiastiques.

— Et pourquoi n'enseigne-t-il pas ?

David Henry se gratta la tête.

— Je pourrais invoquer le secret professionnel, mais je sais pouvoir vous faire confiance, Commissaire. Officiellement, il n'enseigne pas parce qu'il consacre tout son temps à l'administration. En fait, il survit dans la petite niche que nous lui avons créée parce qu'il ne peut plus enseigner. Dépression. Hypocondrie. Claustrophobie. Pantophobie. Paranoïa. Bouffées délirantes, même. Alors, pour lui éviter de se coltiner à la réalité, nous l'avons mis sur orbite. L'orbite de l'an 2000. Il fait ça très bien, d'ailleurs. Que voulez-vous, Commissaire, l'université est une bonne fille. On disait jadis l'Alma Mater, la mère nourricière ! Le pauvre Dorange a grand besoin d'une protectrice. Il croit avoir toutes les maladies, et peut-être les a-t-il, après tout, comment savoir ? Ses rares loisirs, il les passe dans les cabinets de médecin. Ce qui ne l'empêchera pas, sans doute, de nous enterrer tous. Qui pigne beaucoup vit longtemps, c'est bien connu.

— À propos de maladie, je me suis laissé dire que le pauvre Alacoque était absent, ces dernières semaines.

— En effet. Il était en mission aux États-Unis. Une dizaine de jours, je crois. Je pourrai faire vérifier cela au service du personnel. Notez que cela m'a surpris. Il ne s'absentait jamais. Alacoque était d'un naturel très casanier. On peut même dire qu'il détestait les voyages. Il ne bougeait qu'une fois par an, au mois d'août, pour aller en Inde peaufiner son bhojpouri. Mais une fois sur place, il ne quittait pas Bénarès. Il disait que les bateliers du Gange lui en apprenaient plus que tous les dictionnaires. Il préparait, je crois, un recueil d'expressions idiomatiques recueillies auprès de ces jeunes mariniers. C'était, avec mon ami Bouchemaine, un de nos meilleurs linguistes. Alacoque avait, en outre, des dons exceptionnels de comédien. Il aurait pu faire une belle carrière dans le show business. Un imitateur hors pair, comme Thierry Le Luron.

— Vous connaissez son épouse ?

— Madeleine ? Ah, la belle Madeleine est, elle aussi, un personnage hors du commun. Une Eurasienne au sang chaud. Malheureusement, une tragédie est venue laminer leur couple, et ils se sont séparés. Personne ne vous a mis au courant ? Les Alacoque ont eu un fils qui a aujourd'hui une vingtaine d'années.

— J'ai noté cela quelque part. Je me promets bien d'aller l'interroger demain.

Le président secoua la tête.

— Inutile, Commissaire. Il est dans un centre spécialisé. C'est un malade mental. Un calvaire pour les parents. On ne souhaiterait pas cela à son pire ennemi.

Il consulta de nouveau sa montre.

— 18 h 15. Excusez-moi, mais je dois me rendre à une réunion. La sixième de la journée. J'espère avoir éclairé votre lanterne. N'hésitez pas à venir me voir quand vous le désirez, ici même ou à mon domicile. Et tenez-moi au courant de votre enquête, bien entendu.

*

Sur le chemin de la caserne Saint-Amant, Gabacho tentait de faire le point. Sa discussion avec David Henry n'avait pas été inutile. L'emploi du temps de chacun des protagonistes commençait à se dégager de manière plus nette. Si l'on s'en tenait aux déclarations des intéressés, les témoins ou les suspects s'étaient beaucoup croisés ou recroisés le soir du crime. Baptistine Cramouille avait dû croiser le président à la cathédrale Saint-Émilion. Dorange avait croisé le concierge, puis aperçu le président sur le parking. Celui-ci était alors, allé voir Mathurin. Tout cela se tenait, mais il y avait cependant un point d'interrogation : la présence de Dorange reposait sur son seul témoignage, et on pouvait en effet se demander avec le président si le préposé aux réformes ne s'était pas trompé de jour. Il faudrait, sur ce point précis, interroger Dorange à nouveau.

La liste des suspects restait inchangée, mais les mobiles éventuels commençaient à se préciser. Baptistine Cramouille avait sans aucun doute menti sur ses vrais sentiments : sa haine pour celui qui l'avait mise en selle était un phénomène classique. On en veut toujours à ceux qui vous aident. Que cette haine se fût transformée en folie meurtrière n'était pas à exclure, d'autant que Baptistine se retrouvait, du coup, la seule spécialiste de bhojpouri.

Paranoïaque, dépressif, hypocondriaque, Barthélémy Dorange restait dans le peloton de tête des meurtriers potentiels. Ses sentiments négatifs envers Alacoque étaient avérés. Le cas du président restait en suspens. Il n'avait a priori aucune raison de tuer et, encore moins, de violer son collègue. Le fils de la victime pouvait seul être rayé de la liste. Sa mère, au contraire, Madame Alacoque, reprenait du poil de la bête : compte tenu de l'état mental du jeune homme, c'est bien elle qui, dans les faits, devenait l'héritière. Mais cet héritage était-il suffisant pour justifier un assassinat ? C'était peu vraisemblable. Lafleur apporterait peut-être ce qui manquait le plus à Gabacho : un portrait psychologique d'autant plus fiable qu'il serait donné par quelqu'un d'étranger à l'université.

*

À 19 heures précises, l'hélicoptère de la Navale se posait à la caserne Saint-Amant. Le commandant de la Place avait été prévenu par le ministère des Armées. Il salua le général, échangea quelques banalités d'usage puis se tourna vers le commissaire Gabacho qui attendait là, près du mât des couleurs, en compagnie de Pige-que-Couic. Les présentations furent rapides.

— Je vous ai fait retenir une table au mess des officiers, mon Général. Une table discrète, bien entendu. Pour la nuit, je…

— Merci, Commandant. Je préférerais rentrer chez moi ce soir, si c'est possible. Ma femme ne ferme pas l'œil de la nuit quand je suis absent. Kerlivit, vous le savez, est un coin isolé.

L'officier se figea.

— Fort bien, Messieurs. L'adjudant-chef va vous conduire au mess. Faites-moi appeler quand vous repartirez. Je serais heureux de vous souhaiter bon retour sur vos terres lointaines, mon Général.

Gabacho observait le général Lafleur. Âgé de

80 ans, on lui en donnait quinze de moins. La chevelure était encore abondante, et l'œil était vif et malicieux. Seul un discret appareil auditif signalait que le temps avait fait son œuvre. “J'ai beaucoup de chance”, songea le commissaire, “je suis tombé sur un militaire intelligent. Avec lui, je vais progresser”.

Le général monta dans la voiture aux côtés de Gabacho.

— Eh, bien, Commissaire, vous m'avez fait prendre un coup de jeune. J'ai pensé au pauvre Alacoque pendant mon voyage, et tous ces souvenirs du bon vieux temps me sont revenus en mémoire. Mais ce qui vous intéresse, j'imagine, c'est d'en savoir plus sur ce garçon.

— En effet, mon Général.

L'officier se tapa sur la cuisse.

— Eh bien, attachez votre ceinture, vous allez être servi !

XI

Alger, janvier 1960. L'Algérie française vit ses derniers mois. Au limogeage du général Massu succèdent les journées des barricades. En France, des journaux sont saisis. Le 2 février, jour où Norbert Alacoque débarque en Algérie avec son balluchon, l'avocat et député Pierre Lagaillarde se rend. Des deux côtés de la Méditerranée, attentats et rafles se multiplient. Dans les djebels, des hommes à peine sortis de l'adolescence s'entre-tuent en un combat douteux. Ils ignorent que, dans les coulisses, des négociations s'engagent autour d'un thé à la menthe ou d'un verre de whisky. Mais, sur le terrain, c'est au casse-pipe qu'il faut aller, histoire de jouer les prolongations.

Venu d'Indochine, le jeune capitaine Lafleur occupe alors un poste clef au Deuxième Bureau. Lui aussi vient d'arriver, et sa première tâche est de recruter un interprète. On lui fait rencontrer un simple seconde classe, un appelé du contingent, Norbert Alacoque, dont le curriculum est atypique. Reçu premier à l'agrégation de lettres classiques, à l'âge de 20 ans, il a refusé le sursis qui lui aurait permis d'éviter l'incorporation. Mieux : il s'est préparé à l'Algérie en apprenant l'arabe, qu'il parle déjà de manière très convenable. Dès son arrivée à Mâcon, en 1959, l'État-Major note qu'il connaît l'anglais, l'allemand, le russe et l'arabe.

Pour Lafleur, la jeune recrue sera toujours un mystère. Alors qu'il a refusé d'être sursitaire, Alacoque montre un total mépris pour l'armée et la classe politique. Il déteste à la fois de Gaulle et les tenants de l'Algérie française. S'il accomplit des missions délicates, ce n'est ni par patriotisme ni par goût du devoir, mais par une sorte d'esthétisme particulier qui le fait considérer sa tâche comme un jeu d'aristocrate. Pour des raisons qu'il est le seul à connaître, Alacoque est fasciné par l'Orient. Sa bible est l'édition anglaise du livre de Laurence d'Arabie, *Les Sept Piliers de la Sagesse*.

Comme Laurence d'Arabie, expliqua Lafleur, Alacoque prenait un plaisir évident à se déguiser, à épouser une autre personnalité. Il possédait, d'ailleurs, un grand talent d'acteur et des dons d'imitateur qui lui permettaient, selon les besoins, de se faire passer pour un marchand de dattes de Ghardaïa ou un intellectuel de Constantine. Il lui arriva même, à plusieurs reprises, de se déguiser en femme. La mission accomplie, il rentrait à Alger, faisait son rapport, toujours impeccable, puis se désintéressait de la suite. Il pouvait passer des journées entières à étudier le coran, mais il ne lisait pas les journaux et n'écoutait pas la radio. Les événements de 1961 le laissèrent indifférent. Selon lui, prendre position était inutile puisque tout, sans aucun doute, était déjà réglé en haut lieu. Il ne sert à rien de jouer quand les dés sont pipés. Il y avait chez lui, ajouta Lafleur, une philosophie bien particulière, à mi-chemin du fatalisme oriental et de la distance aristocratique. L'idée même de mourir ne l'effleurait pas. Il exigeait seulement de travailler seul, car il n'avait confiance en personne.

Ces qualités, déjà très précieuses, n'étaient rien en comparaison de ce que lui-même appelait son sixième sens. Alacoque semblait deviner les pensées de ses interlocuteurs, comme si ses yeux, d'un bleu turquoise, pouvaient percer les masques les plus épais. Les marchands de chameaux lui avaient appris, disait-il, tout ce qu'il convenait d'apprendre sur la psychologie humaine. Savoir quand l'autre mentait, quand l'adversaire était sur le point de perdre pied. Le travail d'un bon agent de renseignements, disait-il dans ses rares moments de confidence, est de déceler le vrai du faux, le bon grain de l'ivraie, la vérité de l'imposture.

Quand Alacoque regagna la métropole en 1962, il refusa les propositions flatteuses qui lui étaient faites. Même l'intervention personnelle de Pierre Messmer, alors ministre de la Défense, s'avéra inutile. Il retourna à ses dictionnaires et se lança dans de nouvelles études. Lafleur se souvenait que son jeune adjoint lui avait dit un jour : “Les langues et les chats ne déçoivent jamais. On ne peut pas en dire autant des êtres humains. Pour eux, la trahison est affaire de date. C'est Talleyrand qui a raison”. Il ne reprit jamais de service dans le monde parallèle des agents de renseignements, monde qui, pourtant, semblait taillé à sa mesure.

*

Gabacho avait écouté le récit sans mot dire. Il savait désormais l'essentiel, mais il lui restait à éclaircir certains points.

— Si je comprends bien, Alacoque était un de vos meilleurs agents.

— Le meilleur, Commissaire. Et sans doute l'était-il parce que l'objectif à atteindre le laissait indifférent. Ce qui le fascinait, je vous l'ai dit, c'était ce rôle d'acteur, qu'il jouait à la perfection. C'est ce qui explique sans doute qu'il ait réussi comme professeur. À mon avis, enseigner ne s'apprend pas. On a ça dans le sang.

— Mais enfin, Général, tout homme est motivé par quelque chose. Qu'est-ce qui poussait Alacoque à agir ? Si je parvenais à savoir cela, je comprendrais peut-être pourquoi il a été assassiné.

Lafleur réfléchit quelques instants.

— Ce qui m'a toujours frappé, c'était la qualité de son regard. À première vue, Alacoque était un petit bonhomme de rien du tout. Un mètre soixante ou soixante-deux. Mais il avait un regard d'aigle. Il voyait sa proie de loin, de très loin, et cette proie, une fois aperçue, il ne la laissait pas échapper. Pour répondre de manière plus claire à votre question, je me permettrai une hypothèse : Alacoque avait découvert un secret. Un secret si lourd que sa dernière proie n'avait d'autre choix que de l'éliminer…

*

Le général Lafleur reparti, Gabacho retourna au commissariat où plusieurs informations l'attendaient. Futagokoro confirmait les dires du président : Alacoque s'était absenté dix jours, au début de juin, pour aller donner une conférence aux États-Unis, à l'université de Chapel Hill, en Caroline du Nord.

De son côté, Oulan-Bator était revenu vivant de sa campagne du Marais, et son butin reposait sur le bureau du policier : une collection complète du *Petit Bardache Illustré*. Une note était jointe à la pile de revues : “M. Alacoque tenait, depuis 1989, la chronique littéraire du *Bardache*. Il percevait chaque mois la somme de 800 francs”.

La revue avait un caractère artisanal. On y trouvait surtout des articles sur l'art, le cinéma, la bande dessinée et la littérature. Malgré son titre, clin d'œil ironique aux cuistres, elle ne comportait aucune illustration, et il était question de tout autre chose que de bardaches. Plusieurs signatures étaient, à l'évidence, des pseudonymes : Jean Pécuchet, Louis Bouvard, Paul Le Bournisien, Emma Ovary, Ernestine Claquouille, mais la chronique d'Alacoque était signée de son nom.

Dans chaque numéro, le Professeur traitait d'un

seul écrivain, mais ses choix attestaient de sa totale indépendance d'esprit : Nabokov, Matzneff, Daniélou, Dutourd, Orton, Durrell, Isherwood, Malaparte, Béraud, Thesiger et Narayan, par exemple. La prose coulait de source, et le chroniqueur s'interdisait tout jargon inutile, mais le ton était passionné. On y découvrait, en filigrane, la vision du monde de son auteur. Avec un fluo jaune, Gabacho surligna, çà et là, quelques phrases qui semblaient révélatrices : "Nabokov a toujours eu contre lui les tenants de l'imposture", "La musique de chambre de Narayan ne peut qu'irriter ceux qui aiment le tam-tam et la grosse caisse", ou encore "Le pauvre Béraud méritait mieux que le cul-de-basse-fosse, mais son talent contrariait les gratte-papier à bout de souffle". Le mot "imposture" revenait comme un lancinant leitmotiv. Alacoque tenait *La conjuration des imbéciles* de John Kennedy Toole pour un des grands romans du siècle. Il rappelait, avec une joie manifeste, la phrase de Swift mise en épigraphe du livre : "Quand un vrai génie apparaît en ce bas monde, on peut le reconnaître à ce signe que les imbéciles sont tous ligués contre lui" (1). Le Professeur signalait que Toole s'était suicidé, parce qu'il ne trouvait aucun éditeur pour son roman. "Mais, dans le même temps, poursuivait Alacoque, les médiocres et les imposteurs tenaient le haut du pavé".

*

(1) Traduction de Jean-Pierre Carasso, Éditions Robert Laffont, 1981

Gabacho ne vit pas le temps passer. Il quitta son bureau après minuit. Il était un peu tard pour aller à “La Java Bleue”, et le commissaire décida de faire un tour au “Bulgare”, qui venait d’ouvrir.

Il fut ravi d’y découvrir Bouchemaine, attablé devant son habituel verre de gin. Depuis que le Professeur avait quitté sa femme, il s’était juré de ne plus avoir aucun contact avec le beau sexe et de se consacrer aux joies simples de la vie : quelques amis triés sur le volet, la littérature, les langues, les chats, le tabac, la musique classique, les soins du corps, les œufs à la coque et le chant de la pluie sur les toits. Gabacho s’assit auprès de lui et le mit au courant des dernières informations.

— Chapel Hill, cela vous dit quelque chose ?

— Bien sûr. L’université de Chapel Hill, en Caroline du Nord. Un très joli campus. Il m’est arrivé d’y donner une conférence. Mais si vous voulez en savoir plus, adressez-vous au président Henry. C’est là-bas qu’il a passé son doctorat.

Gabacho sursauta. Il tenait peut-être un premier indice. Alacoque, qui ne voyageait jamais pendant l’année universitaire, s’était rendu à Chapel Hill quelques jours avant son assassinat. Était-ce une coïncidence, possible après tout, ou y avait-il un lien direct entre ce séjour aux États-Unis et son meurtre ? Et si oui, ce lien était-il le président Henry ? Il fit part de son trouble à Bouchemaine. Celui-ci hocha la tête.

— Vous faites fausse piste, Commissaire. C’est sans doute le président Henry lui-même qui a dégoté cette conférence pour Alacoque. Ayant passé sa thèse là-bas, il a dû y garder quelques contacts.

— N'empêche, la coïncidence est troublante. Et, d'ailleurs, Henry ne m'a pas dit qu'il connaissait Chapel Hill.

Le professeur de sanskrit restait sceptique.

— Vous ne vous rendez pas compte des responsabilités d'un président d'université. Des centaines de professeurs, dont les salaires, les statuts et les responsabilités sont si variés qu'une chienne n'y retrouverait pas ses petits. Des centaines d'employés. Des milliers d'étudiants. Des monceaux de papiers à remplir. Des réunions à vous donner la nausée.

— Beaucoup de pouvoir, par conséquent.

Bouchemaine fit la grimace.

— Oui et non. Oui en principe, non dans la réalité quotidienne. D'abord, le président est élu, et il ne peut être élu qu'une seule fois. Ensuite, il est mal payé, compte tenu de ces responsabilités. Tout ça pour vous dire qu'un président ne s'appartient pas. Il signe des papiers et des lettres à longueur de journée, et vous pensez bien que le président Henry a dû signer l'ordre de mission d'Alacoque sans même faire attention au nom de Chapel Hill.

Gabacho revint à la charge.

— Il y a des noms qu'on ne peut s'empêcher de noter. Je doute qu'il n'ait pas remarqué celui de Chapel Hill. Ah, Bouchemaine, il me faut vraiment des renseignements complémentaires sur ce président. J'ignore tout de son passé américain. Pour une fois, l'informatique va peut-être servir à quelque chose !

Bouchemaine éclata de rire.

— Vous n'allez quand même pas me dire que vous soupçonnez Henry d'avoir étranglé et violé mon ami Alacoque ? Pourquoi pas Jack Lang, tant que vous y êtes ? Au train où vont les choses, vous allez bientôt demander au président de faire un test d'ADN.

— J'y songe, j'y songe, dit Gabacho. Et pas à lui seulement. À toute l'université, des bizuts aux vieux schnoques de 69 ans. Et vous-mêmes n'y échapperez pas, mon cher Bouchemaine !

— Et vous n'avez toujours pas rencontré l'épouse d'Alacoque ?

Le visage de Gabacho se renfrogna.

— Non. J'irai demain. La vérité, c'est que je n'ai pas envie de la voir.

— Eh, c'est tout de même à elle que le crime profite. À elle et à Cramouille ! Blaustrumpf a vu juste, Commissaire : cherchez donc la femme au lieu de vous polariser sur les hommes. Les rombières sont compliquées. Les hommes sont simples. Un rien les contente : une pinte de bière, un bout de camembert sur un croûton de pain ou une partie de pétanque.

— Vous oubliez qu'Alacoque a été violé, mon cher Bouchemaine.

— Ah oui, c'est vrai, tiens ! J'oublie toujours ce petit détail.

XII

Madeleine Alacoque était la fille unique du général Tartavelle de Puttigny et d'une lycéenne vietnamienne que l'officier avait, par inadvertance, séduite dans un bordel de Saïgon, où elle cherchait à améliorer sa prononciation du français. Il eut la courtoisie et la bonne idée de reconnaître l'enfant, quelques jours avant de sauter, cette fois, sur une mine. Entre-temps, la mère était morte d'un pneumothorax. Bonne fille, l'armée expédia en France la petite Madeleine.

Les Tartavelle de Puttigny étaient une vieille famille du Limousin. Avec le général, la ligne mâle s'éteignait sur une ultime Légion d'honneur à titre posthume, et les cendres de l'officier furent dispersées dans les rizières de la plaine des Joncs. La sœur unique du général était ursuline à Limoges où elle dirigeait, d'une main de fer, un lycée de jeunes filles. Elle fit venir l'enfant près d'elle, la baptisa et la confia à un proche orphelinat tenu par les Sœurs des Très Saints Stigmates, lesquelles lui inculquèrent, à titre gracieux, les plus hautes valeurs morales. À l'âge de 16 ans, Madeleine Tartavelle de Puttigny décrochait son baccalauréat avec la mention Très

Bien, ce qui lui valut sa photo dans la presse nationale.

Par une de ces fantaisies dont la divine Providence a le secret, l'union illégitime du général français et de la lycéenne vietnamienne avait produit une Eurasienne d'une rare beauté, mais aussi d'une intelligence exceptionnelle. Loin de s'étioler, la petite fleur indochinoise s'épanouit à l'ombre des cloîtres. À 21 ans, Madeleine découvrit, sans déplaisir, qu'elle était riche, ce que les Sœurs, fines pédagogues, avaient eu le bon sens de lui cacher. Elle hérita d'un château au sud de Limoges, d'un vaste appartement avenue Trudaine, en plein Pigalle, et d'un paquet d'actions dans la presse catholique. Il ne restait plus à Madeleine qu'à faire un beau mariage. C'était compter sans les dieux qui, changeant leur fusil d'épaule, décidèrent d'inverser le cours de son destin.

Devenue étudiante aux Langues orientales, Madeleine apprit tout d'abord le vietnamien puis se tourna vers l'arabe. Ses rentes, qui la dispensaient de toute activité professionnelle, pouvaient lui permettre d'atteindre sans difficultés l'âge de la retraite, mais elle rencontra Norbert Alacoque lors d'une conférence sur l'origine des langues, et elle décida sur le champ de l'épouser. Pour dire vrai, l'essentiel les séparait : le tabac, les chats, les signes du zodiaque (elle était Gémeaux et lui était Vierge). Mais ils remarquèrent surtout ce qui les rapprochait : l'intelligence, le bac à 16 ans, le goût pour les langues et le peu d'intérêt apparent pour les choses du sexe. Ils se marièrent et s'installèrent dans le château des Tartevelle de Puttigny.

Mais les ursulines avaient laissé se dégrader la belle demeure, qu'elles se contentaient de louer à prix d'or à une colonie de vacances de Saint-André-Goule-d'Oie. Les toitures commençaient à prendre l'eau. Toute l'installation électrique était à refaire, et les sanitaires dataient de la dernière croisade. Ils durent vendre le château pour une bouchée de pain. Puis la presse catholique, secouée par le grand chambardement de Vatican II, commença à battre de l'aile. Les actions plongèrent. L'appartement de Pigalle, que les Sœurs avaient omis d'assurer, disparut dans un incendie. Par chance, Alacoque venait de décrocher un poste de maître de conférences en grec dans la capitale du crachin. Ils n'eurent d'autre choix que de s'y installer.

Ayant perdu leurs repères, ils conçurent par mégarde un enfant, qu'il fallut confier à un service spécialisé. Le couple se dégrada. Madeleine Alacoque se persuada bientôt que son mari était responsable de tous ses maux : la perte de ses biens, l'exil sous la pluie, la maladie incurable de l'enfant. Elle se vengea sur le chat, qu'elle empoisonna avec du riz mélangé à de la mort aux rats. Alacoque répliqua en doublant sa consommation de cigarettes et en n'accordant plus la moindre attention à la vie sociale, ce qui lui était facile : depuis toujours, il détestait les groupes, les colloques, les réunions, les dîners en ville. Ils se séparèrent d'un commun accord, et

Alacoque put enfin adopter un chat, Titanic, un tigré aux yeux d'or, qu'il s'empressa de faire châtrer pour lui éviter de fricoter avec les femelles du quartier.

*

Nanti de ces informations, que lui avait données Bouchemaine, le commissaire Gabacho se força, le jeudi matin, à rendre enfin visite à la veuve du professeur assassiné, rue de l'Abbé-Siéyès. Jusqu'au dernier moment, il avait hésité. Il lui semblait clair que la femme était étrangère au meurtre. Mais il espérait glaner quelque information qui lui permettrait de compléter le portrait psychologique de la victime.

Elle reçut le policier dans son manoir de trois étages. Pour se mettre en appétit, le commissaire lui exprima ses condoléances. Elle répondit par un hochement de tête.

— Le Professeur Alacoque et moi vivions séparés depuis quelques années. Mais nous étions toujours mariés, du moins sur le papier.

— Le papier, justement, change tout, répliqua Gabacho. À terme, vous serez la principale bénéficiaire. Votre mari était haut fonctionnaire. Il avait pris, j'ai vérifié, une assurance-vie.

Madeleine fit la grimace.

— Norbert était un gagne-petit, Commissaire. La famille Tartavelle de Puttigny, dont je m'honore de faire partie, était de haute noblesse. Les Alacoque étaient des miséreux, des crève-la-faim. Mon beau-père était un simple instituteur à Sainte-Honorine-des-Pertes, dans le Calvados, autant dire un moins que rien. J'ajoute que Norbert n'avait aucun sens des finances.

— À propos d'argent, à quel accord étiez-vous parvenu ?

— Je n'ai rien demandé. Norbert payait mon loyer, c'est la moindre des choses, et me versait, bien sûr, de quoi faire face au quotidien. Il faut savoir qu'il jetait l'argent par les fenêtres. La notion d'économie lui était étrangère. Il refusait même de faire des heures supplémentaires. Il préférait les confier à Perrichon-Blanzac.

— Vous connaissiez Mademoiselle Cramouille ?

— De réputation, Commissaire. Une triste réputation. D'aucuns prétendent qu'elle avait séduit mon mari. N'en croyez rien. Personne, pas même moi, ne l'a jamais séduit… Une arriviste, Commissaire ! Tout dans la cellulite, et rien dans le crâne. Mais elle va sans doute parvenir à ses fins. D'après ce que j'ai compris, c'est elle qui va remplacer Norbert à l'université ! Comme quoi, tout arrive à point à qui sait attendre. D'après ce qu'on m'a dit, elle se contente de répéter les cours de mon mari, mais celui-ci était un vrai savant, pas un imposteur !

L'interrogatoire tournait au réquisitoire. Il était clair que le policier n'apprendrait rien de plus.

— Vous me semblez très informée, Madame, de ce qui se passe à l'université.

— Bien sûr ! La femme du président est ma meilleure

amie. Une personne très remarquable. Une mère exemplaire. Elle me tient au courant de tout. Les femmes sont très solidaires entre elles, Commissaire.

Gabacho haussa les épaules. Il n'aimait pas les idées générales.

— Puis-je enfin, pour la bonne règle, vous demander ce que vous faisiez dimanche soir ?

— Dimanche soir ? Eh bien, justement, j'étais avec Violaine Henry au concert de la cathédrale. Le "Requiem" de Mozart. Nous étions même côte à côte.

— Avec le président Henry, j'imagine ?

La femme éclata de rire.

— Pas du tout. Il déteste tout ce qui est classique. À vrai dire, il n'aime que la musique militaire. Pas très sérieux pour un président !

Gabacho en savait assez. Contre toute attente, il venait d'apprendre une information essentielle : Henry n'était pas à la cathédrale ce dimanche soir. Il lui avait donc menti, mais tout le monde semblait mentir, à l'exception peut-être de Madeleine Alacoque.

Le commissaire salua la veuve, reprit son imperméable et fila vers sa voiture. Il lui tardait d'interroger Futagokoro, à qui il avait donné rendez-vous dans son bureau.

*

Le Nippo-Français l'attendait, en effet. Il avait la mine réjouie du chercheur d'or qui vient de tomber sur une grosse pépite.

— Mission accomplie, Commissaire. Et, tout d'abord, une bonne nouvelle : en une demi-heure, les experts de Michoumishi ont décoincé l'ordinateur. Bref, les notes d'examens seront affichées demain. Le chanoine Bouillon va célébrer une messe d'action de grâces sous le chapiteau. Qu'est-ce que je vous avais dit ? Les Français sont des amateurs ! Quelqu'un avait trafiqué le logiciel… Quant au président Henry, je ne suis pas revenu bredouille. Voici mon rapport…

David Henry voit le jour à New York le 10 juin 1942. Origines familiales inconnues. L'enfant est confié à un orphelinat, puis adopté par un couple de juifs français, qui regagnent Paris à la Libération. Le père adoptif était Professeur au Collège de France. Henry fait ses études à Stanislas puis à la Sorbonne. Agrégé d'anglais en 1965. Service militaire dans un commando de marines à Nouméa en 1966-1967. À son retour, il devient assistant à Bordeaux, puis maître de conférences à la Sorbonne. Étant de double nationalité, américaine et française, il décide alors d'aller préparer un doctorat aux États-Unis avec l'argent de son père adoptif. Université de Chapel Hill. Thèse soutenue en 1976.

— Vous avez tout vérifié ?

— Bien sûr, Commissaire, de A jusqu'à Z. Il me manquait l'attestation de doctorat. Chapel Hill vient de me la faxer, après intervention de notre ambassadeur à Washington, que j'avais fait contacter par mon parrain ministre. Voici le texte, que je vous traduis : “Henry David, né le 10.6.1942, New York. Thèse de doctorat en littérature américaine, 1976, sur le journaliste et romancier Robert Ruark (1915-1965). Intitulé de la thèse : “Robert C. Ruark : La Réussite d’un Échec”.

— Aucun trou dans le curriculum ?

— Aucun. Sur le plan privé, il s’est marié en 1970 à une Corse, Violaine del Ciuffo, qui travaille au Centre hospitalier. Elle est spécialisée dans la génétique, ou quelque chose comme cela, et d’ailleurs elle a sept enfants. Mais revenons à la carrière de David Henry. En 1982, il est nommé Professeur à Boris-Vian. Élu président en 1990.

— Sa réputation ?

— Excellente sur le plan personnel. On peut dire qu’il n’a pas d’ennemis. Par ailleurs, c’est un excellent angliciste, reçu premier à l’agrégation. En revanche, tout le monde reste très évasif sur le plan scientifique. Depuis sa thèse sur Ruark, qui n’était pas un intellectuel, il n’a pas ouvert un livre. Il a des goûts qui déconcertent. La musique militaire. Le caravaning. La pétanque. Les restaurants bien franchouillards. Les plats en sauce. Aucune liaison. Il est très famille et ne jure que par sa femme et ses enfants. Pas d’appartenance politique connue. Préfère le bœuf bourguignon à l’idéologie.

— Quels étaient ses rapports avec la victime ?

Futagokoro hocha la tête.

— Pas très bons, mais personne n’a pu me dire pourquoi. Une des secrétaires a aperçu Henry et

Alacoque mardi dernier, devant la bibliothèque. Ils semblaient l'un et l'autre très remontés.

— Il faudra en savoir plus. Et la femme du président ?

— Très peu de renseignements sur elle. C'est une Corse, bref la loi du silence. J'ai téléphoné un peu partout, mais je me suis cassé le nez. Motus et bouche cousue.

— Je veux tout savoir sur elle avant mon départ en vacances.

— Ce sera dur, mais j'essaierai. Je ne tiens pas à me faire trouer la peau…

Gabacho jouait avec son crayon. Ainsi donc, le puzzle continuait à se mettre en place. Mardi : altercation entre Henry et Alacoque. Dimanche soir : Henry, qui prétend être allé au concert, est aperçu sur le parking, vers 23 heures. À 23 h 15, Henry apporte des bouteilles au concierge. Lundi matin : Alacoque est retrouvé assassiné, mais le meurtre remonte au dimanche matin.

Le commissaire se leva.

— Il faut retourner à l'université. J'ai une question à poser au sieur Dorange, puis j'irai voir le président pour le grand moment de vérité. Accompagnez-moi, nous ne serons pas trop de deux.

*

Barthélémy Dorange était de fort méchante humeur. Il s'était réveillé avec une migraine, sans doute liée à son hypotension. Sa douleur dans les reins avait repris, ce qui laissait craindre une crise de coliques néphrétiques. Les palpitations s'étaient aggravées. Il avait pris rendez-vous pour le lendemain avec le service de cardiologie de l'hôpital, et voici qu'un simple coup de téléphone, fort désinvolte, lui apprenait que tout était reporté. Or, le préposé aux réformes savait qu'un infarctus le guettait. Il se réveillait en pleine nuit avec une douleur dans l'œsophage et une envie de vomir, signes qui ne trompaient pas. Certes, l'électrocardiogramme du mois précédent n'avait rien donné, mais deux précautions valaient mieux qu'une. Repoussant le dernier numéro du *Bulletin officiel de l'Éducation nationale*, Dorange se saisit de l'annuaire et chercha la page des médecins. Puisque l'hôpital lui faisait faux bond, il prendrait rendez-vous dans une clinique privée.

Il s'apprêtait à décrocher le téléphone, quand Gabacho frappa à la porte. Le policier, suivi de Futagokoro, n'attendit pas la réponse pour pénétrer dans la pièce.

— Excusez-moi de vous importuner à nouveau, Monsieur Dorange, mais j'ai une petite question à vous poser avant de clore mon enquête.

Dorange leva vers le commissaire un regard attristé. Il était guetté par un infarctus, et voilà qu'on venait le harceler à cause d'un macchabée.

— J'ai peu de temps à ma disposition…

Gabacho sortit son carnet.

— Ce sera bref. Pouvez-vous me confirmer que

vous étiez présent à l'université dimanche soir et que vous avez aperçu le président sur le parking, à 23 heures ?

Dorange eut un geste d'irritation.

— Je vous l'ai dit, Commissaire.

— Mais c'était un dimanche !

— Je ne suis pas un rond-de-cuir. Je travaille tous les jours, même le dimanche, comme la plupart de mes collègues. Avec mon cœur, je dois éviter de porter des charges trop lourdes. Alors, je laisse tous mes dossiers sur le campus, ce qui m'oblige parfois à venir ici le dimanche.

— Vous auriez pu vous tromper de jour.

Le préposé aux réformes fut pris d'une quinte de toux.

— Mon état de santé m'interdit ce genre d'erreur, Commissaire. Je prends mes médicaments à des heures très précises. Je puis vous affirmer, sans le moindre risque d'erreur, que j'ai bien quitté Boris-Vian, dimanche dernier, à 23 heures. À 23 h 15, j'étais dans un bouchon au centre-ville. Les gens sortaient de Saint-Émilion après le concert. Je suis arrivé chez moi avec cinq minutes de retard. J'étais en nage… Un moment, s'il vous plaît, Commissaire.

Il remplit d'eau un verre et y versa quelques gouttes.

— C'est l'heure de mon calmant. Les réformes auront ma peau.

Il avala le liquide d'un trait et se pencha sur ses papiers.

— Je n'aurai même pas le loisir de profiter de ma retraite. Les médecins continuent de me mentir, mais je ne me fais aucune illusion. Tout, hélas, n'est que mensonge.

Quand il leva la tête, il s'aperçut que Gabacho et Futagokoro avaient déjà quitté la pièce.

XIII

Barthélémy Dorange n'était pas au bout de ses peines. Dans les cliniques aussi, il était impossible d'avoir un rendez-vous. Comme si tous ces médecins s'étaient donné le mot, comme s'ils avaient calculé qu'un bon infarctus suivi de pontages leur rapporterait plus d'argent qu'une simple consultation. Dorange commençait à voir clair dans leur jeu. Tous ces diafoirus ne cherchaient pas à soigner mais à engranger des chèques. Feignant l'incompétence, ils se renvoyaient le malade pour mieux gonfler leur compte en banque. De mèche avec les laboratoires de la ville, ils ordonnaient des analyses bidon dans le seul but de toucher, en toute illégalité, de juteuses dichotomies. Et les pharmaciens aussi étaient leurs complices. Tous les petits vieux étaient devenus des camés. Ils vivaient l'œil rivé sur leurs stocks de médicaments.

Les médecins, Dorange les connaissait comme sa poche. À l'exception des gynécologues, il les avait tous consultés un jour ou l'autre. Les urologues, clichés truqués à l'appui, avaient nié ses ennuis de prostate, alors qu'il lui arrivait de se lever la nuit. Les O.R.L. s'étaient gaussé de ses acouphènes, qui pourtant l'empêchaient de se concentrer. Les préposés de l'aorte abdominale l'avaient orienté, avec un sourire goguenard, vers les spécialistes de l'aorte gauche. Les pneumologues, la clope au bec, refusaient d'admettre que le tabagisme chronique de ses collègues avaient touché ses poumons. Les gastroentérologues s'étaient frotté les mains : en soignant mal son ulcère, ils s'assuraient une jolie rente pour les décennies à venir.

Toute la vie de Dorange avait été un long chemin de croix. Enfant, il devait aider son paysan de père dans les champs et à l'étable, alors qu'il détestait Plouguenast, la campagne et les animaux. Puis son oncle curé, qui l'avait accueilli à la mort de ses parents dans un accident de voiture, décida qu'il était fait pour la prêtrise. Il l'envoya à l'autre bout de la France, dans un séminaire de barnabites, d'où il ressortit à 27 ans, laminé par les offices religieux et traumatisé par les exercices spirituels, les retraites, les chapelets, les neuvaines, les levers en pleine nuit. Les heures canoniales lui avaient volé ses plus belles années : matines, laudes, nones, vêpres et complies. Le cilice en poil de chèvre avait meurtri sa chair, et la confession bleui son âme. Dorange brûla tous ses ouvrages de théologie et partit pour Paris où, quelques années plus tard, il décrochait au forceps l'agrégation de grammaire. C'était l'époque lointaine où ce titre, aujourd'hui dévalué, paraît le titulaire d'une prestigieuse auréole. Il permettait d'entrer à l'université par la grande porte. Mais ces temps n'étaient plus. Malgré son titre, Dorange se retrouvait sur une voie de garage, tandis que de jeunes loups analphabètes jappaient désormais sur le campus, glanant les promotions et briguant les chaires les plus prestigieuses.

Plus rien, désormais, n'était possible sans un doctorat en bonne et due forme. La thèse de Dorange sur le trait d'union mourut de sa belle mort, avant d'avoir été rédigée. Il se recycla dans les études freudiennes, mais s'aperçut qu'il n'y avait aucune différence entre la théologie et la psychanalyse. Dans les deux cas, il fallait avoir la foi et accepter le dogme les yeux fermés. Découragé, Barthélémy jeta tous ses livres de psychanalyse à la poubelle et se tourna vers la didactique. Or, voici qu'un doute à nouveau le taraudait. Il était bien placé pour savoir que toutes ces réformes tournaient en rond. Rien ne changerait jamais la nature humaine. L'administration modifiait les étiquettes, mais c'était toujours la même bouillie pour les chats qui stagnait dans les bocaux. Alors qu'il passait ses journées et une partie de ses nuits à traduire en français le jargon hexagonal du ministère, lui-même avait du mal à s'y retrouver dans ce labyrinthe de sigles, dans ce capharnaüm de blocs et de modules. Une vache n'y retrouverait pas son veau et, d'ailleurs, depuis son enfance à Plouguenast, Barthélémy Dorange détestait les veaux et les vaches.

Quant à l'informatique, voici qu'elle venait de démontrer sa fragilité. Il suffisait d'un grain de sable pour enrayer la belle construction abstraite qui, certes, permettait d'expédier les vaisseaux spatiaux vers Mars et Jupiter mais s'avérait incapable de gérer les petits problèmes quotidiens. On ne tue pas une puce avec une kalachnikov. L'année précédente, d'éminents informaticiens à nœud papillon avaient concocté, à grands frais, un logiciel pour établir l'emploi du temps des professeurs. Il avait fallu retarder la rentrée et tout reprendre à la main, comme au bon vieux temps.

Et voici maintenant que ce gabelou de Gabacho jouait les fouineurs de campus ! Halte-là, Commissaire ! L'université était un monde à part comme le quai d'Orsay ou le Vatican. Il fallait en connaître la hiérarchie, la langue et les rites. Ce policier sans diplômes était un branquignol. La mort d'Alacoque n'était que justice. À force de s'opposer aux forces du progrès, celui-ci s'était condamné lui-même. Deo gratias ! Tous les universitaires dignes de ce nom se réjouissaient de ce départ en retraite anticipé. Dorange se souvint soudain du psaume 62, celui que les barnabites chantaient jadis, à l'heure des laudes, quand un de leurs frères venait de rendre son âme à Dieu :

Ceux qui cherchent ma perte
Tomberont tout au fond de l'abîme ;
Ils seront livrés au glaive
Et deviendront la proie des chacals...

...*Partes vulpium erunt* ! Oui, grâce à Dieu,

Alacoque était devenu la proie du chacal. Le bhojpouri incarnait le Mal absolu, la vieille université de papa, coupée du monde et du marché de l'emploi. Une langue inutile comme le grec, le latin, le sanskrit et le hongrois. Elles aussi seraient, l'une après l'autre, livrées aux crocs des chacals. Et avec ces patois disparaîtraient les exercices d'un autre âge : le thème, la dissertation et l'explication de texte.

Sa tachycardie avait repris. Dorange se versa un nouveau verre d'eau ferrugineuse qu'il avala d'un trait avec une dizaine de pilules rouges. Puisque les médecins refusaient de le soigner, il allait donc se soigner lui-même. La sueur coulait sur son front à grosses gouttes. David Henry était sur la liste des suspects. Une nouvelle erreur judiciaire se préparait donc. Les forces du Mal allaient triompher. Celles qui l'avaient condamné à mort. Il crut entendre dans le lointain le ricanement des cardiologues. Eh bien, il allait leur montrer, puisqu'ils avaient des yeux pour ne pas voir et des scanners pour ne rien sonder. Dorange ouvrit grand la fenêtre d'où l'on apercevait, de ce quatorzième étage niché dans les nuages, la totalité du campus. Un campus qu'il fallait sauver des méchants. Les policiers, les journalistes, les pharmaciens, les psychiatres, les urologues. Tous ceux qui clabaudaient dans l'ombre, cherchant qui dévorer.

La pluie s'était engouffrée dans la pièce, mais Dorange n'en avait cure. Il se saisit d'une pile de bulletins officiels et, avec rage, les jeta par la fenêtre.

Saisies par les rafales, les revues s'envolèrent comme une nuée de papillons. Elles furent suivies par de lourds dossiers qui n'eurent aucun mal à les doubler en vol. Pendant cinq minutes, Dorange expédia par la fenêtre tout ce qui lui tombait sous la main, puis il se saisit d'une chaise et l'écrasa contre son ordinateur. Il sentit que son cœur allait exploser. Plus rien n'avait de sens.

*

Le commissaire Gabacho et Futagokoro attendaient dans l'antichambre du président quand la lourde porte capitonnée s'ouvrit brusquement. Henry et sa secrétaire se précipitèrent vers l'ascenseur. Puis, apercevant les policiers assis, le président se ravisa.

— Venez vite, Commissaire, un malheur vient d'arriver ! Dorange s'est jeté par la fenêtre.

Quand ils arrivèrent au pied de l'immeuble Pierre-de-Coubertin, un attroupement leur indiqua l'endroit précis où le préposé aux réformes avait quitté cette vallée de larmes. On entendait, dans le lointain, le hurlement des sirènes.

Par un heureux hasard, le chanoine Bouillon, qui arpentait le campus en récitant son bréviaire imperméabilisé, put prononcer un premier requiem. L'extrême onction s'avérait inutile.

— Donnez-lui, Seigneur, le repos éternel, et que sur lui luise à jamais votre lumière…

Assise sur un muret, les pieds dans une flaque

d'eau, Baptistine Cramouille de Perrichon-Blanzac pleurait à chaudes larmes. Une étudiante en arts plastiques sortit son appareil photo et prit du recul en ajustant son grand angulaire. La plupart des témoins étant vêtus de noir, la couleur préférée du campus, on avait le sentiment que l'université était peuplée de pleureuses siciliennes. Les larmes se mêlaient à la pluie.

*

Il n'était plus possible dans l'immédiat d'interroger le président, ce qui allait retarder la conclusion de l'enquête. Or, Gabacho voulait en terminer avant la fin de la semaine puisqu'il devait partir en vacances. Bouchemaine lui avait proposé de l'accompagner sur les bords de la Vienne, à Châtellerault, où le professeur était né et avait passé son enfance. Mais sa décision n'était pas prise. Il espérait surtout trouver un vol à bon marché pour quelque destination exotique.

Gabacho décida d'aller déjeuner à “La Java Bleue”, le bar des joies simples. Il fut ravi d'y retrouver Blaustrumpf et Bouchemaine, attablés devant une bouteille de chasse-spleen avec Rachel, Parkinson et Pige-que-Couic. Le commissaire les mit au courant des derniers développements.

— Pauvre Dorange, murmura Bouchemaine avec une émotion qui n'était pas feinte. Il était fait pour le malheur.

— Un Gémeaux, sans doute, coupa Blaustrumpf. Ces gens-là sont nés pour les embrouilles.

— Un homo latent, j'imagine, rétorqua Rachel. Il n'avait d'autre choix, hélas, que le suicide.

— Il aurait dû s'engager dans l'armée, ajouta l'adjudant-chef. Une ambiance chaude et virile. De vraies valeurs.

— Oui, pauvre Dorange, reprit Bouchemaine. Il se traînait dans la vie et se disait atteint de cancers incurables. Il se croyait cardiaque et dépensait tout son argent à se soigner. Il avait même dû vendre sa voiture et ne circulait plus qu'à bicyclette. Je m'en veux de n'avoir pas cherché à l'aider.

Gabacho hocha la tête.

— Est-ce qu'il vous a aidé, lui, quand vous étiez dans la mouise ? Est-ce qu'il vous a seulement invité à prendre une tasse de café ? Non, bien sûr. Que voulez-vous, Bouchemaine, on ne peut pas secourir toutes les misères du monde. À chaque fois que je regarde les informations à la télévision, on voudrait que j'assume tous les drames et toutes les tragédies. C'est, en somme, comme l'informatique : les gens ne communiquent plus avec leurs voisins, mais ils sont en relation avec l'autre bout de la planète. Ils pleurnichent devant leur écran, mais laissent leur vieille mère crever de solitude.

Marie-Suzanne arrivait à leur table, un crayon sans mine à la main.

— Allez, bande de voyous, c'est l'heure de la commande.

Tous en chœur s'écrièrent.

— Le plat du jour, Marie-Suzanne, le plat du jour !

Il n'y avait, d'ailleurs, pas d'autre choix. Satisfaite, la patronne ramassa son crayon inutile, tourna les talons et hurla en direction des cuisines :

— Six plats du jour pour la "Une", six plats du jour, six !

— Et deux "Grappe Dorée" non poreuses, ajouta Pige-que-Couic.

— Et deux "Grappe Dorée", deux ! reprit Marie-Suzanne en se précipitant vers les cuisines où personne, d'ailleurs, ne l'attendait. Elle prenait les commandes et officiait seule aux fourneaux.

*

La journée réservait d'autres surprises. À 14 heures, les six compères de "La Java Bleue" avaient conclu leur repas par un premier cognac, suivi d'un second destiné à accompagner le premier. Une heure plus tard, Futagokoro pénétrait dans le bar en rougissant. Il jeta un regard circulaire et aperçut le commissaire, protégé par un épais nuage de fumée.

— Ah, Commissaire, excusez-moi de vous importuner en plein conclave. Je sais que vous n'aimez pas être dérangé ici. Oulan-Bator m'a même déconseillé de venir vous voir…

— Asseyez-vous, Kokoriko ! Vous prendrez bien un alcool de poire ? Marie-Suzanne, un coup de levier pour notre ami samouraï, hurla Gabacho.

— Merci, Commissaire, mais je ne supporte pas l'alcool. Je prendrai un Coca Cola Light et sans caféine.

Des deux mains, il écarta la fumée.

— Il ne faut pas m'en vouloir. Je ne supporte pas grand chose. Rassurez-vous, je ne fais que passer. Je venais informer le commissaire du suicide de Barthélémy Dorange.

— Je le savais déjà, murmura Gabacho. Nous étions en train de boire pour nous en consoler.

Futagokoro transpirait. Il desserra le nœud de sa cravate et avala un verre d'eau.

— Ce que je voulais surtout vous dire, Commissaire, c'est que le médecin a refusé le permis d'inhumer. Le corps, ou ce qu'il en reste, est à la morgue.

— Ça, par exemple, s'exclama Gabacho. Il ne fait de doute pour personne que ce pauvre Dorange s'est jeté du quatorzième étage. Même le chanoine Bouillon pourrait, malgré sa cataracte, vous confirmer qu'il s'est aplati comme une crêpe.

— Oh, personne ne met en doute les lois de la pesanteur, poursuivit le stagiaire. Le problème, c'est qu'il y avait une lettre dans sa poche. Des menaces de mort. Une lettre anonyme, bien entendu, et tapée sur ordinateur.

— Ça ne change rien au résultat, glapit l'adjudant-chef, en caressant son képi.

— Non, mais ça modifie les données du problème, reprit Gabacho. Si Dorange a été poussé par la fenêtre, on peut éliminer tout de suite le président

Henry : il était dans son bureau. On peut aussi sans doute éliminer Baptistine Cramouille : elle était sur les lieux, mais au rez-de-chaussée.

— Ne sous-estimez donc pas toujours les femmes, rugit Blaustrumpf. Cramouille a eu le temps de prendre l'ascenseur.

— Non, non et non ! s'exclama Gabacho. Dorange était un agonisant, c'est entendu, mais il faisait près de deux mètres. Aucune femme n'aurait eu assez de force pour le jeter par la fenêtre.

Le téléphone sonna. Marie-Suzanne décrocha, tendit l'oreille et fit signe à Gabacho.

— Pour vous, Commissaire ! Un certain docteur Serin.

Gabacho se leva d'un bond.

— Le docteur Surin ? J'arrive !

Il se précipita vers le téléphone, sous le regard curieux de ses amis. Ils le virent blêmir puis reposer le combiné.

— Et alors ? demandèrent-ils en chœur.

Le policier se laissa tomber sur sa chaise.

— Nous allons avoir besoin d'un troisième cognac. Surin voulait me donner ses premières conclusions. Elles sont différentes de celles que j'attendais… Voilà, Dorange a été empoisonné.

XIV

— Erreur, Commissaire, reprit le docteur Surin en remontant son pagne. Je n'ai jamais dit que Dorange était mort empoisonné, mais qu'il était mort *et* empoisonné.

Gabacho venait d'arriver dans le vaste cabinet du médecin légiste, à deux pas de la morgue. Pour lutter contre la dépression qu'engendrait la pluviosité de la ville, le roi du scalpel s'était fait installer une climatisation d'un genre particulier, qui lui permettait, toute l'année, d'avoir 30 degrés dans la pièce. De lourds rideaux masquaient les fenêtres. Une série de cassettes, sélectionnées chaque matin selon l'humeur, permettaient de se croire dans la savane africaine, la forêt brésilienne ou les rizières indochinoises : fond discret de musique locale, caquètement des perroquets, feulement des léopards, barrissement des éléphants, rugissement des lions, gémissement des lycaons, chute d'une noix de coco. Accroché au fond du bureau, un hamac permettait au docteur Surin de faire la sieste entre ses expertises. Pour parfaire l'illusion de vivre sous les tropiques, il était vêtu d'un simple pagne africain. Les murs étaient tapissés d'une fresque colorée, qui représentait une des plages de Tahiti.

— Avant de vous en dire plus, permettez-moi de vous offrir une boisson, Commissaire. Que puis-je vous faire servir ? Un cocktail thaïlandais ? Pas très fameux, mais c'est aphrodisiaque. Un féni de Goa ? Ça vous réveillerait un mort ! Ou peut-être préférez-vous, comme mes confrères royalistes, un vieux bourbon du Kentucky ?

— Va pour le bourbon !

Surin appuya sur un bouton. L'instant d'après, un interne congolais, vêtu d'une blouse blanche immaculée, pénétrait dans la pièce.

— Ah, Mboro Mkubwa, pourriez-vous nous apporter un féni et un bourbon ?

L'homme s'inclina.

— Oui, Bwana.

Puis il s'éloigna d'un pas feutré. Il revint quelques instants plus tard, deux grands verres sur un plateau.

— À votre santé, mon cher Commissaire.

— À votre santé ! Mais, pour l'heure, c'est surtout celle de Dorange qui m'intéresse.

Surin eut un geste d'irritation.

— Rien ne presse. Entre nous, je ne sais pas ce qui se passe à l'université Boris-Vian. Au train où vont les choses, la morgue devient une annexe de l'Éducation nationale. Trois cadavres en trois jours ! Bon, que vouliez-vous savoir ? Dorange ? Mort et empoisonné, je vous l'ai dit. Mort, c'est peu surprenant : peu de gens sont très frais après un vol plané de quatorze étages. Empoisonné, c'est plus intéressant. Je vous fais grâce des détails techniques. J'attends d'ailleurs un dosage plus précis du labo. Ce qui est sûr, c'est que les artères de Dorange ressemblaient aux égouts d'une usine pharmaceutique. De quoi terrasser un éléphant.

Un concert aquatique monta de l'enceinte acoustique. Des hippopotames étaient en train de prendre leur bain. Surin baisse le son avant de poursuivre. Mais Gabacho l'avait devancé.

— Dorange passait sa vie chez les médecins. Depuis vingt ans, il a avalé des tonnes de médicaments.

Le médecin légiste fit la grimace.

— Les gens se porteraient mieux s'ils évitaient d'aller voir les médecins. Neuf fois sur dix, il faut mieux laisser faire la nature. C'est ce que fais, et aucun de mes clients n'a eu à s'en plaindre. D'ailleurs, comme vous pouvez en juger, mon cabinet est toujours vide. Bon, j'ai d'abord pensé à un empoisonnement criminel, mais votre explication est sans doute la bonne : ce sont les médecins qui ont empoisonné Dorange. Une force de la nature, par parenthèse. Avec tout ce qu'il a avalé, il aurait dû être mort depuis des années. Je m'étonne même qu'il n'ait pas fait un infarctus. Eh bien, pas du tout ! Même après le crash, le cœur était encore en excellent état. Et je ne vous parle pas de la prostate. Une glande de jouvenceau !

— Vous me rassurez, Docteur. Ça m'aurait beaucoup compliqué la tâche si Dorange avait été assassiné.

Surin hocha la tête.

— Cet homme était mithridatisé. Il était immunisé contre tous les poisons. C'est un cas unique et, croyez-moi, je vais écrire un article sur le cas Dorange.

Soulagé, Gabacho se leva. C'est à regret qu'il lui fallait quitter la forêt africaine, mais un nouvel entretien avec David Henry s'imposait de toute urgence. Avec un peu de chance, le policier allait pouvoir conclure son enquête dans quelques heures. Avant de quitter "La Java Bleue", il avait confié à Bouchemaine le dossier universitaire du président. "Quelque chose a pu m'échapper. Relisez-le avec soin. Vérifiez tout ça auprès d'un américaniste. N'hésitez pas à téléphoner aux États-Unis. Nous ferons le point ce soir, à l'heure du dîner".

*

Henry était en train de signer une pile de courrier quand Gabacho pénétra dans son bureau. Une femme était assise près de lui, et le commissaire la prit pour sa secrétaire. Petite, mais musclée, elle paraissait minuscule à côté du président. Ses yeux verts mettaient en valeur une peau très bronzée. "Une Méditerranéenne", pensa le policier.

— Ah, Commissaire, permettez-moi de vous présenter mon épouse Violaine, venue me chercher pour la réception chez le préfet, mais je vais me faire excuser. Le suicide du pauvre Dorange m'a beaucoup secoué.

Il signa une dernière lettre et repoussa le courrier en soufflant.

— En un sens, c'est mieux pour notre ami Dorange…

— Que voulez-vous dire ?

— J'avais deux très mauvaises nouvelles à lui annoncer. Il ne les aurait pas supportées. La première, c'est que la Cour des comptes nous cherche des poux dans la tête. J'ai dû supprimer la moitié des décharges horaires. Dorange faisait partie de la charrette. Ce qui signifie, en clair, qu'il aurait dû reprendre ses cours l'an prochain. Insupportable pour un didacticien ! Pour faire bonne mesure, j'ai appris ce matin que la réforme du troisième cycle, sur laquelle Dorange planchait depuis six mois, venait d'être reportée aux calendes grecques.

Gabacho se moquait de la réforme du troisième cycle comme de l'an Quarante. Ce qui l'intéressait, c'était d'en savoir plus sur l'emploi du temps précis du président dans la soirée de dimanche. Mais la présence de son épouse le mettait mal à l'aise. Il ne savait comment aborder le sujet. Par bonheur, la femme sentit qu'elle était de trop. Elle se leva, salua le commissaire et quitta le bureau.

— Votre épouse, je crois, travaille au Centre hospitalier ?

— Oui, Commissaire. Elle s'occupe des problèmes de stérilité. Ce qui lui convient bien, en somme, puisqu'elle a eu sept enfants.

— Elle est d'origine corse, je crois.

Le président expliqua qu'il avait connu sa femme, Violaine del Ciuffo, lors de vacances passées dans un village de l'Île-Rousse, au large de Calvi. Fille d'un éleveur de chèvres, elle était alors serveuse pour l'été dans un petit bar-restaurant. Six mois plus tard, David Henry, alors jeune maître de conférences, se mettait la corde au cou.

— C'était en 1970. Vingt-deux ans de bonheur, Commissaire. J'ai eu beaucoup de chance.

— Je m'apprête à partir en vacances, reprit Gabacho. Il me faut préparer un rapport de synthèse pour le collègue qui va poursuivre l'enquête. Je dois donc écrire noir sur blanc l'emploi du temps exact de toutes les personnes que j'ai interrogées. Or, je me suis aperçu que j'ai oublié de noter toutes vos déclarations... Voyons, dimanche soir, Monsieur le président, vous êtes bien passé à l'université, vers 23 heures ?

— Eh oui, j'ai eu la sottise d'apporter du vin au concierge.

— Et auparavant, vous étiez au concert à la cathédrale ?

David Henry marqua un instant d'hésitation. Il fixa le commissaire pendant quelques secondes puis se décida à parler.

— Oui et non. J'ai, en effet, déposé ma femme devant Saint-Émilion, mais je n'ai pas assisté au concert. Les “Requiems” me dépriment. Sur le parvis, nous sommes tombés sur Baptistine Cramouille. Elle a proposé de raccompagner Violaine après le concert.

— C'est bien ce que j'avais retenu, mentit Gabacho.

— Je suis alors allé prendre un verre au "Westminster", où j'ai d'ailleurs rencontré un sociologue du C.N.R.S. Il prépare une étude sur la fréquentation des bars. Il y passe sa vie, ce qui l'arrange bien…

— Puis vous êtes rentré chez vous chercher les bouteilles pour le concierge ? Dorange vous a aperçu sur le parking.

— Possible, puisqu'il vous l'a dit. Nous ne saurons jamais s'il s'est trompé de jour.

— Non, hélas.

Gabacho se leva.

— Eh bien, tout est clair désormais. Merci, Monsieur le président, pour votre collaboration. Je vais de ce pas rédiger mon rapport.

*

Après le dîner à "La Java Bleue", Gabacho demanda à Marie-Suzanne de lui ouvrir le petite salle privée, utilisée deux ou trois fois par an pour les communions et les banquets d'enterrement. Il s'assit à la table, étala ses dossiers, et invita Bouchemaine, Blaustrumpf, Parkinson, Rachel et Futagokoro à prendre place à leur tour. Pige-que-Couic était de garde à la caserne.

— Gokoro, tout d'abord, si vous le voulez bien. Qu'avez-vous appris sur Violaine del Ciuffo ?

— Pas grand chose, Commissaire. Les Corses, je vous l'ai dit, ont une mentalité d'insulaires. J'ai dû prendre contact avec Charles Pasqua, qui connaît bien le préfet du coin, lequel est parvenu à convaincre le commissaire Puzzola de fouiller dans ses archives… Bon, la petite Violaine est la fille d'un éleveur de chèvres. En fait, c'était surtout un trafiquant. Des affaires pas très florissantes, d'autant que le cours des chèvres a beaucoup chuté. La mère devait faire le trottoir pour mettre du beurre dans les épinards. Mais Violaine réussissait très bien à l'école. Elle payait ses études en servant dans un bar. Un soir, son père s'est fait choper dans une rafle du service des douanes. Il a dû passer cinq ans au trou. À Fleury-Mérogis, si j'ai bien compris. Entre-temps, Violaine s'était mariée à David Henry. Elle n'est jamais retournée en Corse, où son père vit toujours. Il a remplacé les chèvres par des escargots. C'est plus juteux, paraît-il. La mère de Violaine est morte pendant l'incarcération de son mari. Il n'y avait pas d'autres enfants.

— Et du côté de l'hôpital ?

— Elle est très bien notée. Elle a déjà atteint le dernier échelon de son grade. Elle travaille au service de fécondation artificielle.

Se tournant vers Bouchemaine, Gabacho le pria de faire part de ses recherches. Le professeur de sanskrit sortit un document de sa poche : l'attestation de doctorat du président, rédigé en anglais. Il expliqua qu'il était allé voir un de ses collègues américanistes. Après avoir étudié le document, celui-ci avait fait des remarques très étonnantes.

— L'attestation, Commissaire, est établie au nom de Henry David, né le 10.6.1942 à New York.

— Bien sûr, confirma Gabacho. Henry est bien né ce jour-là. Futagokoro l'a fait vérifier par l'ambassade de Washington. Aucun doute là dessus.

— Justement si, il y a un doute, et même plus qu'un doute, reprit Bouchemaine. Je reprends… Sur ce document américain, nous avons un certain Henry David. Or, notre cher président s'appelle David Henry. Il n'est pas dans les traditions anglo-saxonnes de mettre le nom de famille en premier, comme dans les écoles laïques de la IIIe République.

Gabacho n'en croyait pas ses oreilles.

— Vous voulez dire que cette attestation de doctorat est un faux ?

— Pas du tout. Elle est authentique. Simplement, ça n'est pas celle du président Henry, mais d'un autre Américain dont le nom de famille est David.

— Mais il y a la date de naissance !

— La date de naissance, poursuivit Bouchemaine en souriant, confirme qu'il ne s'agit pas de la même personne. Notre Américain est né le 10.6.1942.

— Eh bien oui, comme Henry, 10 juin 1942.

Le professeur de sanskrit ronronnait.

— Eh bien non, Commissaire. Pour un Américain, le 10.6.1942 ne signifie pas 10 juin 1942 mais 6 octobre 1942. Eh oui, les Français mettent d'abord le jour, et les Américains le mois. Conclusion : l'attestation de doctorat n'est pas celle d'Henry. L'autre Américain, Henry David, le vrai spécialiste de Ruark, est mort deux ans après sa soutenance, dans un accident d'avion au Kenya.

— Autrement dit, le président est un imposteur.

— Aucun doute là-dessus. Le directeur de thèse est mort, lui aussi, hélas, et je n'ai donc pu le contacter.

— Vous avez vu le rapport de soutenance ?

— Il n'y en a pas aux États-Unis. Henry jouait sur du velours. Mon collègue a adressé un courrier électronique à Chapel Hill. David Henry a bien été inscrit en doctorat, mais il n'a jamais soutenu de thèse !

Les choses, enfin, paraissaient claires. Pour des raisons que personne ne connaîtrait jamais, le Professeur Alacoque avait découvert le pot aux roses. Il avait deviné que le président Henry était un imposteur. Son sixième sens, comme il disait. Pour en avoir le cœur net, il s'était rendu à Chapel Hill. Mais il avait sans doute commis l'erreur de jouer cartes sur table à son retour, et le président l'avait assassiné.

— Les hétéros me surprendront toujours, grommela Rachel. Les pédés sont plus finauds. Nous vérifions tout, comme saint Thomas. Je m'étonne tout de même que l'administration centrale ne contrôle pas les diplômes. On croit rêver !

Bouchemaine hocha la tête.

— L'administration ne va tout de même pas mettre l'Interpol en branle à chaque fois qu'un Américain, un Chinois ou un Namibien pose sa candidature à un poste. D'autant que David Henry était déjà fonctionnaire et que ses qualités d'angliciste étaient avérées. David Henry avait été reçu premier à l'agrégation. Et qui aurait pu un seul instant penser que David Henry et Henry David, nés le 10.6.1942 à New York, étaient deux personnes différentes ?

— Le Professeur Alacoque ! s'exclama Parkinson.

— Eh oui, et Dieu sait ce qu'il lui en a coûté, répondit Bouchemaine. Notez qu'avec les photocopies laser, qui ne laissent aucune trace, il devient de plus en plus facile de traficoter les diplômes. Et je vous laisse imaginer ce que les tricheurs peuvent faire avec l'informatique ! Comment savoir qu'une thèse soutenue à Sydney n'a pas été pompée dans un doctorat de Vancouver ? Mais, en l'occurrence, il ne s'agit pas d'un faux. C'est une usurpation d'identité, ce qui est beaucoup plus subtil. Moralité : il ne faudrait jamais dévoiler un plagiat, une tricherie ou une imposture. Dès qu'on commence à fouiller dans les coins, il faut s'attendre aux pires ennuis. C'est la vieille histoire de Pandore, vous savez, la boîte de Pandore.

— Pandore, d'ailleurs, était une femme, rugit Blaustrumpf. Fouillez encore un peu, Commissaire, et vous verrez bientôt que c'est Violaine Henry qui est à l'origine de tout. Ève, Pandore, Hélène de Troyes, Eva Braun… On n'en finirait pas d'établir la liste de toutes ces criminelles !

XV

Pierre Bouchemaine détestait le vendredi, le jour de Vénus, la mangeuse d'hommes. Dans sa lointaine enfance à Châtellerault, le vendredi était le jour du poisson, et il détestait le poisson. Maintenant, c'était le jour de la banque, ce qui suffisait à le mettre de fort méchante humeur. Plus il montait en grade - à 50 ans, Bouchemaine était au sommet de la pyramide -, et plus son compte devenait anémique. Les ponctions succédaient aux traites, les factures aux prélèvements. À chacune de ses visites, le banquier encravaté et vêtu de gris, puant le tue-mouches d'occasion, le conviait dans son bureau et feignait de trouver l'inspiration sur l'écran de son ordinateur. "Ah, Professeur Bouchemaine, il va falloir faire quelque chose pour votre compte. Puis-je vous rappeler que votre découvert autorisé est dépassé ? Oui, je sais, il y aura la prime d'encadrement à la fin du mois, mais cela ne suffira pas à combler le trou du trimestre. Nous sommes contraints, à notre grand regret, de vous faire payer des agios de plus en plus élevés. Nous pourrions, bien sûr, vous proposer un prêt intéressant à dix-sept pour cent…".

En remontant à pied le boulevard Alain-Daniélou,

au cœur de la ville, Bouchemaine, à son habitude, jouait avec les mots qui menaient dans son cerveau une sarabande effrénée. Le mot *banque* était, sans doute, un mot germanique. On le retrouvait dans *banquet* et dans l'italien *banca rotta*, qui avait donné *banqueroute*. Même origine pour l'anglais *bench*. Entre la banque des milliardaires et le banc des clochards, la langue espagnole ne faisait aucune différence. Du reste, il fallait mieux s'asseoir avant de découvrir l'état désastreux de ses finances. À force de semer à tout vent, Bouchemaine n'aurait bientôt plus de quoi s'offrir les dîners de "La Java Bleue" à 38 francs 50.

Il s'arrêta soudain. Une connection s'était faite dans son cerveau. Semer à tout vent... Le dictionnaire Larousse... L'Île-Rousse... La contrebande... La bande à bonnot... Le hold-up... La banque. LA BANQUE ? Mais, bien sûr, comment n'y avait-il pas pensé plus tôt ? Élémentaire, mon cher Bouchemaine.

Il fit demi-tour et se précipita vers la première cabine téléphonique. Il sortit sa carte à puce de son portefeuille et l'introduisit dans la fente. L'instant d'après, il avait Gabacho au téléphone.

*

Le commissaire attendait dans son bureau, avec un de ses sous-verge, d'ailleurs sourd-muet de naissance, qui n'était là que pour meubler l'espace. Quand le président Henry pénétra dans la pièce,

Gabacho constata qu'il n'avait rien perdu de sa superbe. Rasé de près, les bacchantes taillées au cordeau, habillé avec élégance - ce qui confirmait qu'il n'était pas originaire de la région -, il s'assit sur la chaise que lui montrait le policier.

— Permettez-moi, Monsieur le commissaire, de m'étonner de cette convocation si matinale. Mes fonctions…

— Votre femme, Monsieur, était convoquée elle aussi.

— Elle est partie hier soir pour la Corse. Un décès brutal dans sa famille.

Gabacho alluma une cigarette et en tira une longue bouffée.

— Je dois vous informer que tout ce que vous direz pourra être retenu contre vous, comme aux États-Unis. En revanche, il n'est pas dans les traditions française de garder le silence. Je vous suggère de répondre à mes questions.

— Je n'ai pas l'intention de m'y soustraire.

— Fort bien ! Procédons par ordre. Vous avez rencontré le Professeur Alacoque la semaine dernière, avant votre départ pour Montpellier ?

— En effet. Nous avions un petit différend d'ordre professionnel. Rien de très grave.

— Un différend sur votre diplôme de doctorat, par exemple ?

Le visage de David Henry se figea. Il sortit de sa poche un paquet de cigarettes et se saisit d'une gitane en tremblant.

— Vous connaissez le joli mot de Montherlant : “Quand l’oiseau de race est pris, il ne se débat pas” ? Eh bien, je ne me débattrai pas, Commissaire. Oui, je suis un imposteur. Ma thèse, je n’ai jamais réussi à en écrire plus de cinquante pages. Le trou noir. La peur de la page blanche. Une sorte d’allergie qui me paralyse. Notez qu’il y en a beaucoup que ça ne dérange pas. Ils n’ont rien à dire, mais ils pondent 600 pages inutiles, que personne ne lira jamais… En ce qui me concerne, tout est dû à une coïncidence, une erreur de l’administration de Chapel Hill. C’est elle qui m’a adressé cette attestation de doctorat qui ne me concernait pas. Qu’auriez-vous fait à ma place ? David Henry, Henry David, bien malin qui pouvait dire, surtout en France, lequel de ces noms était le prénom. Quand, en plus, je me suis rendu compte que nos dates de naissance étaient aussi, d’une certaine façon, interchangeables, la tentation a été trop grande…

— Et ça ne vous a pas dérangé ?

L’homme toussa avant de répondre.

— Si, bien sûr, mais qui aurait pu découvrir le pot aux roses ? Je faisais mes cours comme tout le monde. Les étudiants ne se plaignaient pas. Quelle différence auraient-ils pu faire, je vous le demande, entre un agrégé et un docteur ? Le premier, au moins, connaît l’anglais, ce qui parfois n’est pas le cas du second. L’imposture est partout, Commissaire.

Gabacho l’arrêta d’un geste.

— Nous ne sommes pas là pour juger les autres,

et encore moins pour juger un système. Ce qui m'intéresse, c'est la découverte de la vérité. Et cette vérité, le Professeur Alacoque a été le premier à s'en douter.

David Henry écrasa sa cigarette.

— J'ai commis une grave erreur, Commissaire... Il y avait des rumeurs sur le Professeur Alacoque, des rumeurs sur sa vie privée, sur ses mœurs pour le moins singulières. J'y ai fait allusion un jour. Il ne me l'a jamais pardonné.

— Il ne faut pas parler de corde dans la maison d'un pendu.

— Alors, poursuivit le président, Alacoque a cherché à me faire tomber. Il a remué ciel et terre. Quand je le croisais dans les couloirs, il me regardait d'un air goguenard. J'ai senti qu'il brûlait quand il est parti pour les États-Unis, il y a quinze jours. J'aurais pu m'y opposer, mais cela n'aurait rien changé. Il serait parti pour Chapel Hill pendant les vacances, à la nage si besoin est. Et puis, au fond de moi, j'avais honte de toute cette imposture. J'avais honte pour moi, bien sûr, mais aussi pour ma femme et mes enfants.

— Vous auriez pu y penser avant. Allons, Monsieur, ne perdons pas notre temps en idées générales. Les actes de contrition me laissent de marbre, même si l'esprit de repentance est à la mode. Dites-moi simplement comment vous avez assassiné le Professeur Alacoque.

Henry se leva d'un bond, ce qui réveilla un court instant le sous-verge de Gabacho.

— Mais je ne l'ai pas tué, Commissaire ! Je n'étais même pas là dimanche matin. J'étais à Montpellier.

— Qui l'a tué alors ? Mathurin Régnier ? Barthélémy Dorange ? Baptistine Cramouille ? Le chat Titanic peut-être ?

Le président gardait le silence. Gabacho décida d'abattre ses dernières cartes.

— Allons, Monsieur, je ne vous demande pas de dénoncer votre femme. Je sais bien que c'est elle. Elle n'a eu aucun mal à l'étrangler. Alacoque était un petit bonhomme de rien du tout. On avait l'impression que le moindre courant d'air allait le renverser. Votre femme…

Henry se décida.

— Mettez-vous à sa place. Ma femme ne pouvait accepter un nouveau déshonneur. Elle ne pouvait imaginer que le scandale allait éclater. Son père, déjà, avait souillé la famille, et voici que son mari, à son tour… Non, Commissaire, ça n'était pas tolérable.

— Bien. Vous n'êtes pas coupable du meurtre, mais vous êtes quand même le complice de votre femme.

— Son complice ? Pas le moins du monde. J'ai été épouvanté d'apprendre ce qui s'était passé. Non, Commissaire, je ne suis pas complice d'un meurtre. J'ai simplement voulu couvrir ma femme et mes enfants. Alors, j'ai imaginé un scénario, que je croyais en béton. Mais je me suis trompé…

*

Dimanche matin 21 juin. Le Professeur Alacoque est tout guilleret. Il est bien remis de son voyage à Chapel Hill et, dès son retour, il a assené les résultats de ses découvertes à l'imposteur Henry. La vengeance est un plat qui se mange froid. Alacoque entend pourtant bien ne pas aller au-delà. Sa victoire est d'une autre nature. Il lui suffit de savoir que David Henry va devoir vivre avec la crainte que son collègue ne dévoile tout au grand jour.

Alacoque est ravi parce que la journée s'annonce agréable. Il va pouvoir déguster La Croisade des longues figures, *qu'un bouquiniste de Lyon vient de lui envoyer. Il mettra un discret fond de musique - du Mozart, sans doute -, et Titanic viendra se blottir contre lui. Ce midi, il déjeunera d'un steak haché, arrosé d'un brouilly 1988. Puis il se remettra à la rédaction de son livre, le lexique des bateliers du Gange, qu'il se promet de publier à l'automne aux Presses universitaires.*

Les dieux ricanants en décident autrement. Titanic n'a plus de croquettes. Il convient donc, toutes affaires cessantes, de descendre en ville. Alacoque dégringole les quatre étages de l'immeuble et retrouve sa bicyclette, rue Guillaume-de-Bautru, quand une femme l'aborde soudain. C'est Violaine Henry, qui sans doute le guettait depuis quelque temps. "Tiens, tiens, l'affaire se corse", se dit-il, tout heureux de son méchant jeu de mots.

— Professeur Alacoque, il faut que je vous parle. J'ai des informations à vous révéler.

Des informations ? Alacoque a d'autres chats à fouetter : Titanic attend ses croquettes. Mais la curiosité l'emporte. Que veut donc lui dire la grognasse ?

Le Professeur sourit.

— J'ai peu de temps à vous consacrer, Madame. Mon chat attend sa collation.

— Montez dans ma voiture, Professeur. Nous irons dans le bureau de mon mari. J'ai des documents à vous montrer. Cela ne nous prendra que cinq minutes. Puis je vous déposerai en ville.

Des documents ? L'agent de renseignements qui sommeille en lui ouvre un œil, puis deux. Pourquoi pas, après tout ? Titanic attendra bien une demi-heure. Il descend de sa bicyclette et la range sous la porte-cochère. Puis il monte dans la Mercedes, qui démarre aussitôt.

Il bruine, mais Alacoque n'en a cure. Les essuie-glaces dansent sur la vitre. Le campus n'est pas loin. La Mercedes s'arrête bientôt devant l'entrée principale. Violaine sait qu'elle n'est pas fermée. Elle a croisé tout à l'heure Barthélémy Dorange et Mathurin Régnier, armé de son trousseau de clefs. Quelques minutes plus tard, ils pénètrent dans le bureau du président.

Ils s'assoient. Violaine sort une grande enveloppe d'un des tiroirs et la remet au Professeur Alacoque. Celle-ci contient une vingtaine de photos noir et blanc, qu'il regarde pendant quelques instants, avant d'éclater de rire.

— Nous vous tenons, Monsieur Alacoque. Ces photos signent votre condamnation !

Alacoque ne peut s'arrêter de rire, d'un rire franc et enfantin. Si la pauvre Violaine pouvait savoir ce qu'il s'en contrefiche de ces photos ! Il vit sur une autre planète, celle où les êtres sont libres et peuvent, si cela leur chante, se déguiser en drag-queens ou en bardaches grecs. Le temps des tartufes est bien révolu.

Alocoque pense soudain à son chat. Il jette les photos sur le bureau et se lève.

— Ne me raccompagnez pas, je prendrai un taxi.

Folle de rage, Violaine se précipite sur lui. Elle serre ses mains autour de son cou. Il essaie de s'arracher des tentacules de la pieuvre, mais il n'y parvient pas. Elle serre de plus en plus fort.

Son dernier rêve sera pour Titanic. Le chat est assis sur son bureau. Une douce lumière tombe sur un bouquet de fleurs et inonde le corps dénudé d'une statuette. Dans une chemise rouge, son manuscrit sur les bateliers du Gange attend une dernière lecture. Alacoque sourit. Rien désormais n'a d'importance, puisque tout est grâce.

*

— …Autrement dit, reprend David Henry, Alacoque était mort depuis plusieurs heures quand je suis rentré de Montpellier. Ma femme n'était pas à la maison. Elle m'a appelé du campus. Quand j'ai su la vérité, l'atroce vérité, je n'avais d'autre choix que de la protéger pour préserver mes enfants. Puisque le crime n'était pas parfait, on pouvait du moins tenter de s'en approcher. Ma femme est une primaire, mais sans imagination, je le crains.

— Alors que vous en avez à revendre. Et vous vous êtes dit qu'il fallait mettre la police sur une fausse piste.

— Bien sûr. Je devais d'abord mettre le concierge hors circuit pour pouvoir pénétrer dans l'université pendant la nuit. Avec lui, ça n'était pas difficile ! Trois bouteilles, et je savais qu'il serait défoncé comme un terrain de manœuvre. C'était ensuite un jeu d'enfant que de débrancher la surveillance électronique à 3 heures du matin et de transporter le corps dans le bureau. J'ai un passe pour toutes les serrures, évidemment. Le plus pénible a été de déshabiller la victime. J'ai laissé un certain nombre de faux indices. Quelques mégots pris dans les poubelles, un exemplaire du *Petit Bardache Illustré*, celui-là même qu'un collègue bien intentionné m'avait remis, quelques semaines auparavant, en soulignant le nom d'Alacoque. Je vous fais grâce du reste puisque, de toute façon, ces indices n'ont servi à rien : la femme de ménage les a fait disparaître avant l'arrivée de la police. Pour tout embrouiller, j'ai également déposé une lettre de menace sur le bureau de Dorange, le paranoïaque… Mais l'idée principale, c'était de faire croire qu'il s'agissait d'un crime sexuel, d'un crime de pervers. Le viol, le faux viol plutôt, était beaucoup plus délicat à mettre au point.

— Vous avez confié cela à votre épouse, murmura Gabacho en allumant une autre cigarette.

— Cela s'est fait en trois temps, pour des raisons techniques. L'idée s'est imposée à moi dès les premières minutes. J'ai d'abord conduit ma femme à l'hôpital. Son service est fermé le dimanche, mais elle a les clefs. Il ne lui a pas été difficile de pénétrer dans le laboratoire et de prélever une petite quantité de sperme…

— La banque du sperme. Oui, c'est cela qui nous a mis sur la piste !

— J'espérais vraiment que cela nous permettrait d'égarer définitivement la police… Ma femme a préparé le liquide, mais il fallait attendre quelques heures. Je l'ai donc conduite au concert, et j'espérais pouvoir faire croire que j'y étais moi-même. J'ai passé cinq minutes au "Westminster" puis je suis allé saboter le système informatique de l'université. L'idée, encore une fois, était de créer une confusion maximum… Vers 3 heures du matin, estimant que le sperme était utilisable, Violaine est retournée à l'hôpital, puis elle m'a rejoint sur le campus. Elle a injecté le sperme avec une seringue. Et puis, le hasard a joué en notre faveur. Plus le temps passait, et plus il deviendrait difficile de découvrir la supercherie. La femme de ménage n'était pas pressée. Puis l'autopsie a été retardée de 48 heures. Même si, par hypothèse, on avait fait un test d'ADN sur toute la population mâle du campus, il n'y avait aucune chance de tomber sur le coupable… lequel, de toute façon, aurait été un faux coupable.

— Et tout ça pour un faux diplôme ? Si vous aviez mis autant d'énergie à écrire une thèse, elle aurait eu 3 000 pages.

Gabacho se leva et regarda par la fenêtre. Pour la première fois de sa vie, il était embarrassé. À sa satisfaction professionnelle d'avoir, grâce à Bouchemaine, découvert la clef du mystère se mêlait une insatisfaction plus grande encore : celle de devoir mettre sous les verrous un homme qui, en somme, s'était contenté de vouloir sauver la femme qu'il aimait. Un tricheur, certes, mais pas un assassin. Un homme qui aime le tabac et les chats ne peut pas être un grand criminel. Par ailleurs, l'épouse était loin, en Corse ou en Sicile, dans ces régions inaccessibles où la seule loi, est la loi du silence.

David Henry était coupable d'avoir utilisé un vrai-faux diplôme, mais s'il fallait mettre en prison tous les faussaires et tous les imposteurs, les ingénieurs des travaux publics avaient de beaux jours devant eux. Tout, dans la société, était imposture. Les charlatans avaient pignon sur rue, les escrocs publiaient des best-sellers, les filous étaient décorés, et l'on déroulait le tapis rouge pour faciliter le départ en première classe des terroristes. Rien ne ferait revivre le pauvre Alacoque lequel, après tout, avait terminé sa carrière sur une ultime victoire, celle de l'intelligence.

Gabacho regardait la pluie tomber. À l'autre bout de la ville, il le savait, ses amis l'attendaient pour la saucisse aux choux. Blaustrumpf serait heureux d'avoir eu raison puisque l'assassin était un Gémeaux. Bouchemaine se féliciterait, une fois de plus, de son goût pour l'origine des mots. Pige-que-Couic serait fier de constater que le seconde classe Alacoque était mort en brave. De son côté, Parkinson stigmatiserait, comme d'habitude, les tares de la société bourgeoise, tandis que Rachel leur ferait lire la nécrologie qu'il venait d'envoyer au *Petit Bardache Illustré*.

Gabacho retourna s'asseoir et fixa David Henry dans les yeux.

— Je n'ai qu'un seul regret : celui de n'avoir jamais connu le Professeur Alacoque. Des hommes comme lui me consolent de toutes les trahisons. Il aimait trop l'université pour souhaiter le scandale. J'aimerais déposer sur sa tombe la fleur discrète de mon silence… Mais ce silence a un prix, Monsieur Henry. Tout d'abord, vous allez démissionner dès aujourd'hui de vos fonctions présidentielles, c'est la moindre des choses. Puis vous allez aussi démissionner de la fonction publique. Mon silence est à ce prix… Je pars dimanche. L'enquête se poursuivra donc sans moi. On fera, j'imagine, des prélèvements d'ADN. Tout se terminera en queue de poisson, et on finira par clore le dossier. Vous êtes libre, Monsieur. Quant à moi, j'ai mieux à faire. J'ai décidé d'adopter Titanic, le chat du Professeur. Les animaux ont plus de noblesse que les hommes.

Il prit son imperméable, réveilla son adjoint d'une tape sur l'épaule et quitta la pièce sans un dernier regard pour David Henry.

La soirée serait douce à "La Java Bleue".

REMERCIEMENTS

Un roman appartient, par définition, à un monde parallèle, lequel répond à des lois qui ne sont en rien celles de la “réalité”. Le lecteur trouvera, certes, quelques clins d’œil à deux ou trois personnages historiques, mais c’est que ceux-ci, happés par le mythe qu’ils ont eux-mêmes créé, sont devenus de plein droit des êtres de fiction. Personne ne sera donc surpris de les croiser dans un roman.

Tous les autres personnages sont des êtres de papier. Il est donc inutile, comme le font les mauvais lecteurs, de leur chercher des modèles dans la vie de tous les jours. Cela est également vrai du cadre choisi par l’auteur : la capitale du crachin n’existe que dans son imaginaire, et il serait vain de chercher à la situer sur une carte.

Bien que je n’aie pas à préciser ici en quoi je leur suis redevable, j’aimerais remercier ici tous ceux qui, parfois sans le savoir, ont permis à ce roman de voir le jour : Philippe Aimard, Alain Bargain, Bruno et Dominique Busnel, Catherine Champion Servan-Schreiber, Claude Courouve, Élise Fontvieille, Michel Larivière, Pierre Le Corre, Danielle Le Coz, Annie Montaut, le Professeur Morgenfrüh, Jean-Claude Patru, Thierry Petaux et Baptistine Prioux, sans oublier, bien sûr, Marie-Claude et Charly… et mes trois chats, Raviji, Sécotine et Titanic.

125, Vieille Route de Rosporden - 29000 Quimper
Dépôt légal n° 6 - 3e Trimestre 1998
ISBN 2-910373-56-8 — ISSN 1281-7813
Imprimé en France